港たち

古川真人

Makoto
Furukawa

集英社

目次

港たち　9

シャンシャンパナ案内　67

明け暮れの顔　109

鳶　133

間違えてばかり　165

この本を、
舟に乗って行ってしまった玲子婆ちゃんに
そしてまるでかわりばんこみたいに、
あらたにこの世界へとやってきた光那ちゃんに

港を出ていく
きょうは朝から曇っていたが
とうとう雨が降ってくる

北村太郎「港の人」より
（思潮社刊）

吉川家 家系図

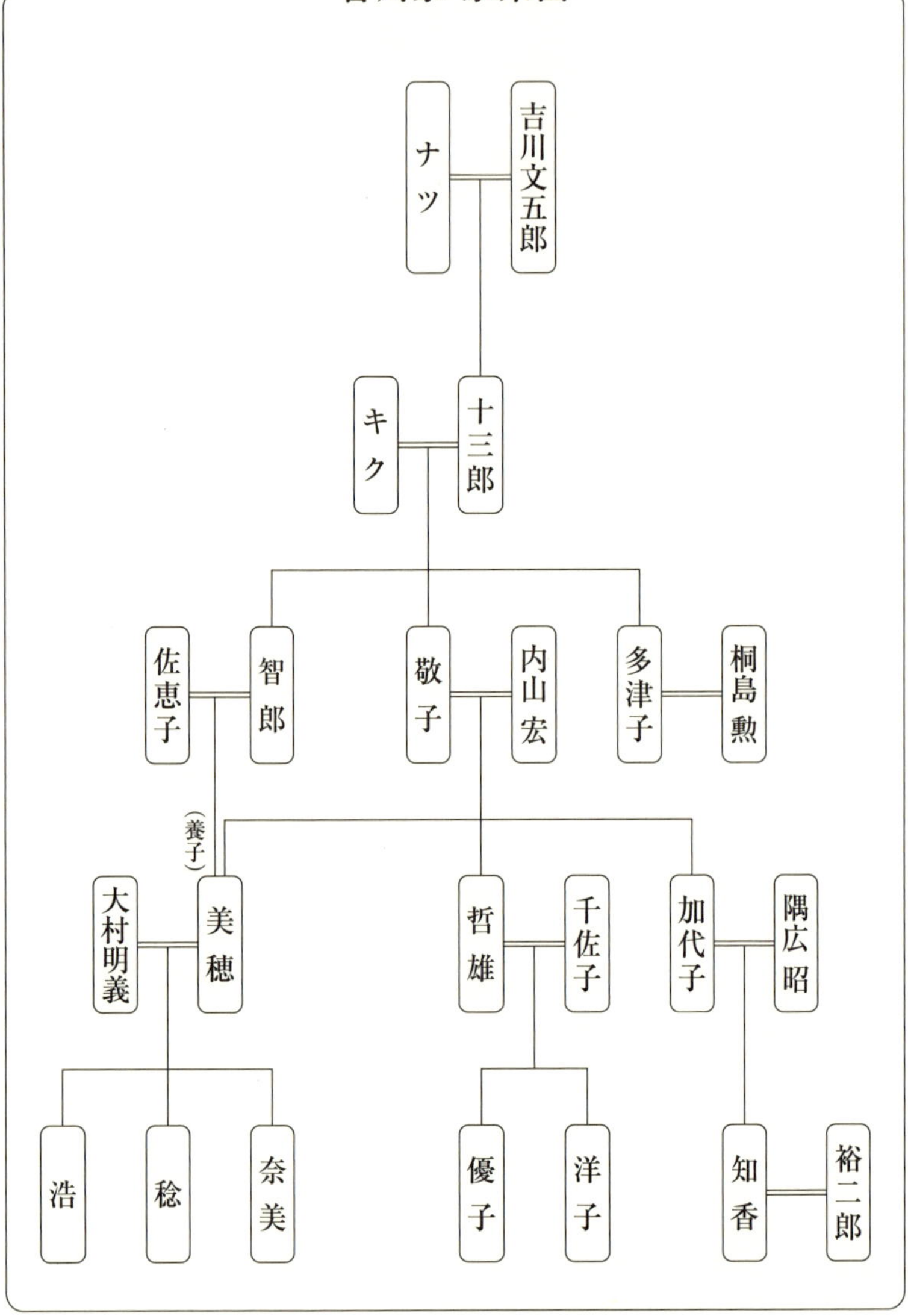
吉川文五郎
ナツ
十三郎
キク
多津子
桐島勲
敬子
内山宏
智郎
佐恵子
（養子）
美穂
大村明義
哲雄
千佐子
加代子
隅広昭
浩
稔
奈美
優子
洋子
知香
裕二郎

港たち

港たち

家族があつまって話すことといって、なにも特にはないのだった。

というより、話している声がまず先にあり、その声がなにかを言っている。なにを？　耳を貸したときに、ようやく。話の中身が明かされる、そんな具合だった。だから、ぜんたいに会話は、おもむろに、といった調子を維持したまま、どこに向かうわけでもなく、自由に、同時にどこか、人待ち顔で、あちらこちら往き交った。その、往来する声の、声が、交わされるテーブルの上に、居並ぶかおを、内山敬子は眠たげな、いまにも閉じそうなまぶたの下の瞳で眺めまわしていた。

家族があつまるのは、いかにも、ひさしぶりだった。その、ひさしぶりの者たちを、彼女は眺めまわす。自身も囲む、台所に置かれた大きなテーブルでは、娘である隅広加代子と大村美穂が、テレビに目を向けて、一心に葡萄をつまんでは口に運んでいる。また息子の哲雄も、大きな、満足げな溜息をたびたびつきながら、氷を浮かべた焼酎で唇を湿らせている。哲雄の対面には、加代子の夫である昭が座り、鏡に映しでもしたように、ただ色だけが違うものの、おなじグラスでおなじ酒を飲んで、やはり同様に、胃から上ってくるアルコールくさい溜息をついている。昭が手元の小皿に空けたピーナッツを、すぐ隣に座って、ときおり指を伸ばして食べ、缶ビールを飲んでいるのは、美穂のふたりいる息子のうちのひとりである稔だった。その隣には、もうひとりの息子で、稔の兄の浩が座っていて、彼だけは酒も食べ物も口にせず、ただコップに注がれた冷えた茶を飲んでいる。この者たちは話している。話しているのだけど、そう。敬子にはその声のいずれもが、みな自分の前を素通りしていってしまうようにも、あるいは水を通しているようにも、聞かれているのだった。

それで仕方なく——目で、敬子の眺めまわす目は、テーブルの上をぐるりと一巡して、次いで隣の部屋に向かう。彼女から見て右のほうには、こちらの台所より一段高くつくられた、畳敷きの居間があって、ふたつの部屋の間はといえば、襖でもガラス障子でもなく、ただ上からさがる暖簾によってのみ、申し訳ていどに遮られているばかり。また居間は同時に、商店の一部でもあった。長崎の島で、敬子がながくつづけている店は、昔からあるかたちで、いや、一度は改築こそしたけれども、街中のスーパーやコンビニなどとちがって、生活と商売の空間の区別があいまいだった。夜に店を閉めるときのほかは、いつも居間の左側のガラス障子は開け放たれていた。ガラス障子の向こうはといえば、もうそこは店内だった。およそ島に暮らす者が求めるであろうと仕入れた商品が所せましと置かれ、店のなかほどにあるレジの向こうにも、冷凍庫やパンだのスナック菓子だの醤油だの電池だのを並べる棚が壁に沿って並んでいる。店は島の港に面したほうと、それから反対側に、建ち並ぶ家々によってそちらとは隔てて通る一本の道のほうのそれぞれに入り口があって、敬子のいま座る位置からだと、居間の向こうにレジ、そして道の側の入り口のガラスの引き戸が見えているのだったが、ということは入ってくる客のほうも店の奥へと目を凝らせば、敬子の暮らしぶりを覗き込むことができてしまう。暖簾は、そうした無遠慮な瞳に立てる戸の役割を果たしているというわけであった。その居間の片隅に、あつまった家族たちが、親戚まわりや知り合いのもとを訪問するための、関東や福岡から持ち寄られた土産の菓子の箱や紙袋が積み置かれているのを、まず敬子の目はとらえる。居間の中央には机があって、その向こうに、台所にあるものよりは一回り小さなテレビが据えてある。テレビの置かれた台の隣には布をかけられた小さな化粧台があり、さらにそのすぐ横には襖があって、階段で家の二階に通じていた。敬子のほうに尻を向けた者が、というよりも、尻が、彼女に向いているといったほうがいい。三人の尻と背中があって、それは加代子と昭のひとり娘である知香《ちか》、彼女とちかごろ結婚したばかりの、しかし感染症の流行がおさまるまでは、とまだ式は挙げていないものの、すでに家族のあたらしいかおとして迎えられていた知香の夫、それから美穂の娘で、浩と稔の妹である奈美で、テレビを観ながら、この者たちも、やっぱり、そう。何やかやと話しているらしいのだけど、そう、遮るものといって暖簾しかないというのに、やはり敬子は。彼女の耳は、声をとらえそこなってしまう。

老けたのや、太ったのや、弱ったのや、そう変わらないのや、ほとんど話す機会を持たないのや――自分より三十年、五十年、六十年も若いひとびとが、盛んに食べ、飲んで、なにより話している声のあいだに挟まれたみたいに、腰掛けているうち、そう。彼女はたしかに眠りそうになっている。

疲れるのだった。盆の時期は、いつも夜の八時を回る頃には、へとへとになってしまう。きょうも、そうだったから、早く寝たいものだと敬子は思っている。けれど、きっと、今晩もよく寝られないだろう。

近ごろ、そうだった。寝られなかった。

昼でも、夕方でも、つい気を緩めると、いつのまにか――はっ、と目をさます。この、はっ、が日に三度も四度もあるせいで、晩にはあまり眠れなくなってしまった。眠いのに、疲れているのに、身を横たえているのに、もうすこしで身体がどこか、暗くて深いところに落ちこんでいきそうに思えたのに――はっ、と目をさましてしまう。

それで、彼女は、自分の身体が、自分の身体さえも、思うにまかせないのに、心底からうんざりしながら、枕元に置いた、懐中電灯を手にすると、よろよろと、ベッドから起き上がる作業にとりかかる。便所から戻ってきて、ふたたび身を横たえる。おなじことを、夜明けまでに敬子は二度くりかえす。

九十を過ぎてからは、もう、あまり盆の用意を、死んだ者たちをむかえる用意を、敬子がすることはなかった。仏壇の周囲に、やれ、菰《こも》の敷物を——そうしなければ、硬い床に、夏の湿気で蒸された畳に座る、オジジにオババ、父ちゃんに母ちゃん、トー兄、佐恵子姉さん、宏くん、勲さん——みな死んだ者たち。盆のあいだ帰ってきていて、これからまたあちらへ帰る者たち、と、敬子は祖父母に両親、兄とその妻、夫、それから故郷の墓がないとて内山の墓に入ることになった、妹の夫といった、死者の名前を挙げていって。そう、その、かつて名前を持っていた、いまは一様にほとけさまと呼ばれている死者たちの暑かけんかれ、菰を敷いてやらねばならない。菰を敷いて、ようやく、死んだ者たちの、すこしは居よい、涼しかごとできれば、西方の浄土を思わせる、いや、この時期の、よく晴れた日の夕暮れに、夜が、流れこんでくるさなかにある時刻の、空の色。

そんな空色の、空色した飾り提灯を、仏壇の脇に吊るして。また、施餓鬼の支度も。水はもちろん、水菓子も、うん、とたくさん、宏くんは酒飲みじゃったばってん、ほかの者な、みんな、水菓子の好きやったけんかれ、甘いもな、あればあるしこ《だけ》お供えしてよかとはいっても、その仏壇のある二階の部屋には、もう敬子は足が弱り、上がれなくなっていた。

だから、もっぱら、彼女は船頭のような、役割になった。台所の、いまも、こうして、眠気にあらがいつつ、腰掛けている椅子から、ほとけさまという、魂の寄りあつまった、一艘の舟のような、一点の炎のような、盆の入りから家に帰ってきている存在のため、食事をこしらえる娘たちに向かって、あれこれと指示をだす。

娘たちも、それから、ときには孫も加わって、味付けがうまくいっているのか、どうか、煮込む加減を、酒や砂糖の分量を、しくじりはしなかったのか、小皿にとった野菜を、彼女のまえにさしだす。

指でつまみ、小さく口を開けて、というのも、敬子はながく帯状疱疹を患っていたせいで、あまり大きく開けられなかった。そのため、数か月に一度、彼女は、美穂、加代子、哲雄の、運転する車で、福岡の大学病院で薬をもらうために、島と福岡のあいだを、往き来していて――それで、つまみあげた蓮根を、慎重に嚙んだ敬子によって、その味付けに及第点の付けられた料理は、粗熱がとれた頃合いに、芋の葉の上に並べたものを、孫たちが、二階の仏壇の、まわりにもうけた棚まで運んだ。

その後も、配膳の位置には、主に娘たちによって、こまかな修正がくわえられ、そうしなければ、妙な場所に水が置かれていたり、まるで酒飲みの一族だったかのように、缶ビールが位牌の傍に置かれていたりすると、お経をあげにくる島の寺の、和尚さんにわらわれてしまうからと、美穂など口やかましく言い、せっかくきれいに置いたのにさ。

暑さのせいで不機嫌になっている奈美が溜息をつきつき、知香をともなって、前後をまちがえたくだものを置きなおすために、降りてきたばかりの二階に向かう。

その、向かっている背中に向かって、これも持ってほとけさまにあげて！　と台所に立つ美穂が、おおきな声で言い、これじゃわからん！　と、またも階段を降りてきた奈美は、居間の上がり口の向こうに立つ、日に焼けた肌の老人の、鼻がしらを露わにしてこそいるが、それでも、いちおうマスクを着けたかおと出会って、その老人が、おおきか声で、と笑いながら言うのに、すぐさま笑みを浮かべて応じ、お客さん！　と台所に声をかける。

　はいはい、とテレビを観ていた加代子が、言って出ていって、だれの娘さんきゃ《かい》？　ええ、美穂の、うちの妹の。おお、美穂ちゃんの子や、そうな、帰ってきとるときゃ？　と会話しているところに、タオルで手を拭いながら、居間と台所を遮る暖簾を手でかきわけ、かおをだした美穂が、おりまーす、ありゃ、おじちゃん！　お久しぶりです。おう、ミサコにも会《お》うたな？　うん、さっき、船着き場の駐車場で。そうや、ええと、そうそう、大きかペットボトルのジュースはあるやろか、炭酸の、孫の三人も帰ってきとるけん……

　居間と店のあいだで客と話がつづくものだから、奈美は、なにをついでに持って二階へ上がれと言われたのか、訊きかえすのも面倒になって、まあ、どうでもいいか。どうせお母さんも、おしゃべりに夢中になって「これ」のことを忘れてるだろうし、と、階段をのぼっていき、さきに上がったまま畳に寝転がって、携帯電話でなにやら動画を観ている知香の傍に、自らも腰を下ろす、ふう、やれやれと言いながら――おおきか声で、と、客が言うことばに、敬子も賛同しながら、やはり、船頭らしく、ずっと動かずに椅子に身をもたせかけていたが、テーブルに手をつき、息を吐いて、それから、ようよう立ち上がる。

トイレ？　ふたたび台所に戻ってきて、そういえば蛇口の水を出しっぱなしにしていたのだった、いや、これから魚を冷蔵庫から出して、夕食の刺身にするため鱗をとるのだから、そのままでよかろうと、思い直した美穂が、老母の小さい円い背中を見送りながら、訊く。訊くまでもない。うん、よいしょ、よいしょ、と、敬子は言いつつ、居間とは反対側にあるドアを開けて便所に向かう。

用を済ませた敬子は、あの椅子は、台所のあの椅子というのは、どうも、あまり深く身体が沈みすぎてしまって、立ち上がるのにも苦労する。あそこで居眠りしてしまうよりは、すこしのあいだでも、ベッドで横になっていよう、きょうで盆も仕舞いなのだから、今晩は遅くまで起きていなければならないのだし。

彼女は便所に入ったのとは反対側に取り付けられた引き戸に手をかける。戸の先には最近、それまで便所とも手洗い場ともつながっておらず、ただ店の倉庫だった一角を、敬子が寝起きするため増築した部屋がある。

二階に、上がれなくなってからというもの、居間に蒲団を敷いて、寝ていたのが、だんだんと、そこだと便所に向かうのもむずかしくなってきて、それで、そのことを哲雄や加代子や美穂に相談したところ、それやったら、倉庫ば取り壊して、トイレにすぐ行かれるごと、部屋ば改築しよか。そうね、トイレと倉庫のところばくっつけたら、夜中でも起きて戸ば開けたらすぐ行かれるやろけんね。台所にも近なるけん、それがよかね。哲雄も、加代子も、美穂も、そう言って。かんたんに、話がすすんで、半年あまりで、部屋ができた。

そう広い部屋ではないから、よく冷えていた。中には稔と浩が居て、それぞれ、床の分厚い絨毯の、この時期には暑いのではないかと思われる絨毯の上に、あぐらをかいていた。そのうちの、ひとり、稔が、戸の開く音を聞いて、かおを上げると敬子を見迎えながら、この部屋、涼しいねえ、と言う。それから、引き戸を閉めるさいに、彼女が洩らした、ほっ、という掛け声と、溜息の、真ん中の声によって、だれが部屋に入ってきたのか気づいた、もうひとり、浩、目の見えない浩が、おや、敬子婆ちゃん、あっちの部屋がうるさいけん避難してきた？　と言った、目がつぶられているかわり、とでもいうように、笑みによって口を横に大きく開きながら。

ふたりで、テレビば観よったと？　うんにゃ、音楽を聴いとってね、CDを取り込んだ再生機器、音楽を再生できる……ううんとね、こういうやつなんだけど。これで、音楽ば聴かれると？　そう、ポータブルで、持ち運びできるけんって、浩が関東から持ってきたっちゃん。そう、これやったら、バッグの中にいれてもかさばらないけんさ。テレビな、これは、観よらんとね？　ああ、婆ちゃんテレビ観る？　うんにゃ、観らんばってん、よいしょ、よいしょ。婆ちゃん昼寝するってしよるけん、浩、音楽ば止めない《なさい》。うん。お、きょうの朝方の宮崎……崖崩れ。宮崎がどうしたって？　台風よ、ほら、テレビでやっとる、土砂が道に崩れて……ばってん、こっちのほうには来んってね、この台風は。そう、ばってん、船は欠航するてぞ？　ああ、念のために？　うんにゃ、朝から、村内放送で、そがん言いよって、それけん、きょうな、夕方の便の、一本早くにこっち帰ってきて、そぃで、あすは一日欠航て、そがん、村内放送が言いよった……ああ、からだの重たさ。婆ちゃん、エアコンはだいじょうぶ？　エアコンがなん？　寒くない？　うん、ちょっと、寒かごたる。じゃあ、すこし上げようかね……

代わる代わる、ふたりの孫、もう三十を半ばまで過ぎた孫たち、だったが、それでも、こうして話していると、子供の頃と、まるで変わらないような気がしている、なにより、おしゃべりで、いったい、だれに似て、こうも早口に、しゃべるのか。

美穂に似たのだろう。だが、それにしても、変わらない。こちらは、どんどん、歳をとっていく、というのに、足がうごかなくなって、なにもかも、大儀で、いよいよ、全部が、わずらわしくなってきている、というのに。

ベッドに、横たわりながら、敬子は額、に押し当てた腕の皺を、というのも、昼寝をするときでも、夜に寝るときでも、どういうものか、彼女は、片方の腕をそうして、眠るのが癖になっていたからだが、その皺と染み、時間の襞《ひだ》と黒ずみを、なかば閉じた目で見ながら、考える。

ひさしぶりだった。この、ふたりの孫が、美穂の運転する車に乗って、島に来るのは、一年半ぶりだと、浩から言われ、そうだったのか、と気づいたぐらい、ひさしぶりなのだった。

関東の横浜に、ふたりで暮らす、浩と稔は、病気が流行りだしてからというもの、ずっと、蟄居していた、そう、一週間前にやってきて、さも厭わしいものでもあるように、耳にかかるゴムを指でつまみ、口元からマスクを引きはがしながら、稔のほうが言い、今年はワクチンな、ちょうど一か月前に打ったけんさ、免疫がいちばんあるころだったから、どうにか来れたよ、と付け加えた。

それで、一年半も、来れなかったのか。そうか。いちばん酷かったころ、とうとう、島でも、感染者が出て、島の外の病院に、入院することになって、早く、年寄りからはじまるという、ワクチンを打てればいいが。そう、店に、やってくる客と、話すことといえば、それぱっかりのころ、浩と稔が、関東で蟄居していたのとおなじように、島も、ぱったりと、外からの、ひとの往来が、絶えて、そう、息子でも娘でも、孫でもなんでも、とにかく、いまは来るな、島には病院がないのだから、年寄りばかり暮らしているのだから、県外から来ることは遠慮してくれ、と島中の者たちが、外で暮らす、身内に連絡したおかげで、ぱったりと、静まりかえって。

静まりかえっていた。いつ以来の、ことだろうか、と、そう敬子は、若者の、声のしなくなった、店の外の、波止場を眺めながら、この部屋で、いま、寝ているこの部屋の、往来に面してある窓に、目をやりながら、考えたことがあった。

そして、そう。戦争のころが、ちょうど、こんなふうだった、こんなふうに、だれも外から来なくなった。来ないのではない、来られないし、こちらも外へ出られないのだ。だいいち、平戸と島を繋ぐいちばんおおきな船が、徴用されて、どこか、長崎だったか、小倉だったか、そこらから台湾まで、物資を運ぶ仕事につかわれることになり、船員ともども、居なくなっていた。

漁船も、エンジンの油がなくて、炭も貴重で、だから漁師たちは、ダンベ舟で、平たい伝馬船で、磯沿いを這いまわるようにして、どこに売りにいくでもない魚や貝をとって暮らしていた、あのころ。若い男たちは、大陸に、南方に、台湾に、やられていて、上の学校にかよう女たちも、同輩の男たちといっしょに、飛行機のエンジンを作るため、長崎の工場にやられて、島には母と祖母と祖父と、小さい者と、身体の弱い者たちだけが、守備隊の兵隊さんたちといっしょに、ひっそりしていた。そう、もう戦争の終わるころで、けれども、そのころは終わるとは思いもよらず、ただただ、長崎の造船所に行っていた、繰り上げで卒業が決まって、造船所に動員で行っていた兄さんの、トー兄の無事でおるやろかって、父ちゃんな、わがは《自分》カリエスで身体のかなわんごとなりよったばってん、そがん、心配してばっかしのころ。

そのころになれば、もう、平戸の沖にも、アメリカの潜水艦の来よるごたるって、島の、港に立ち寄る海防艦の船乗りの、家に、吉川の家に風呂ば借りにきたときに言うて、いつやったか、これも、戦争の終わるすこしまえ、壱岐やら、対馬やら、そっちのほうで、潜水艦に襲われたか、それとも機雷にぶつかってしまったのか、輸送船が沈んだそうだった。何日も経ってから。湾の外の波打ち際に油が、きっと、沈められた船の重油の、ずうっと、やってきたとやろうねえ。油の流れてきて、三日も五日も、磯が、焦げたように臭かったことがあったが、そう、もう潜水艦の、長崎のほうまで来よるけん、とても恐ろしくて沖に船など出せなかったのだ。

それから、グラマン。グラマンの、飛行機の、これと、B29。それが、島まで来ていたから。じっさいに、飛んで来て、ワアアー、っと、銃ば撃ってきたことのあったけん、もう、それも恐ろしかごとあって、島の外の人間もやって来られなければ、島の人間も、平戸に行けなかった。二か月か、半年か、そんぐらい。

それにしても、半年だった。しかし、この病気というものは、もう、どれほど経っただろうか？　もう、ちかごろは、時間が、いついつに、なにが起きたのか、とても思いだせない。時間が、ぴったり、貼り付いてしまって、はがせなくなってしまって。

またお客さん、さすがにお盆やけん、ひっきりなしに来るね。

目を、閉じて眠りに落ちる、その瞬間に身を浸していた敬子は、稔か、浩か、どちらかの声が、そう言うのを聞いて、お客さん？　と、言う。うん、車から降りてきよる。いっちょん《わずかばかりも》、休む暇のなかねえ。うんにゃ、店番は、加代子姉ちゃんのやってくれよるっちゃろ？　加代子？　そうねえ。婆ちゃんは昼寝しとけばいいよ。そうかあ？　そうそう。稔は店番はせんと？　うん、あのレジの打ち方がわからん。ああ、レジね、あたらしいのに替えたんだっけ。そりゃ、ずいぶんまえやろうもん、と、また、孫のふたりが話す声のうしろ、引き戸の向こうの便所、風呂場の脱衣所、洗面台のある部屋を、さらにドアを隔てて、たしかに、孫が言ったように、加代子か、美穂か、こちらも、孫とおなじように声が似ていて、それも、おおきな声で笑ったときなど、そっくりなのだった。

　その、そっくりな声であるため、加代子なのか、美穂なのかわからない、おおきな声が、アイスクリームの在庫が、どうの、と言っているのを敬子は聞いて、休む暇のなかねえ、と、娘たちが台所と居間と、そこを降りて広がる店内を、せわしなく往き来している姿を思い浮かべて、まるで自らが、娘たちの姿を借りて、その疲労をも我と我が身のものとして、あるきまわり、客の注文に応じようと、品をさがしているような気になっている。

　一刻も、休む暇を持たず、この歳になったつたい。宏くんが死んで、仕事をさがさねばならず、あれこれさがし、結局、店をはじめることになってから、ずっと、休む暇がなかった。稼ぎを貯め、やっと、小さな、一人用の電気炬燵を買ったとき、子供たちば寝かせてから、炬燵さな入《に》って帳簿付けばして、くたびれたねえ、ちらて、蒲団には行かんで、そこで後ろん畳に、どたー、って横んなって寝たとき、やっと、ようやく、休めたと思った。

あれぐらいだった。休んだのは。来る日も、朝早くに来る客のために、だいたい、漁師というものは、その妻というものは、朝が早いから、豆腐屋さんか、それともうちの、内山商店かというほど早い、まだ外の真っ暗な時間に起きて。とはいえ、もともと結婚してからというもの、ずっと敬子は早起きしていた。

いまはもう、居ない、夫。宏、が、台湾から復員して、島に帰ってきてから、就いた仕事が、郵便船の船員だった。郵便船、といっても、ようは、フェリーなのだ。ひとも、ひとの荷物も、野菜も、車も、魚も、それから昔は豚も載せて、島と、平戸を、なんども往復して、届けて、届けられて、その届ける仕事で、毎朝早起きして。その、起きる時間に合わせて敬子は起き、宏くんの寝間着から、まあだ、あんころは、ズボンはあったやろばってん、服の上等とのなかったけん、上着は国民服やら、虫食いのある徳利セーターば着込みよって。そがんとに着替えよるうちに、弁当をつくっていた。

だから、習い性なのだった。休む暇、というものを、とうとう持たないまま、怠ける、遊ぶ、という生きることと、そのものとくっついた悪徳を、手にしないうち、ベッドから、椅子から立ち上がるのもむずかしい、歳になってしまい、休めと言われても、だから、それはむずかしかった。

それでも、ようやく、眠りに落ちかける。眠りの中だけは、身体も楽で。ひゅっ、と寝入るまぎわに息を吸い込んだとき、お、雨。雨？　うん、降り出した、わあ、すごい。一気にどしゃぶり。台風のせいやろね。そうだね、直撃はしないにしても、やっぱり、こっちは降るね、と孫たちが窓と、それからこの部屋の、屋根を打つ水音に、感心したように話して、また店の外の廊下、この部屋の、脇を通る屋根つきの廊下を、どうやら買い物を終えた客といっしょに、出てきたらしい娘、この声は、きっと美穂だろう。美穂が、わあ、すごい、どしゃぶり。あ、車で来たんですね、濡れんでよかったですね、と、孫とおなじことを客相手だろう、だれかに言って、それからカラカラ、バタバタ、となにかを取って、まとめているような物音がしているのは、大慌てで洗濯物を取り込んでいる音にちがいなく――はあ、と、またもや、眠りから引き揚げられてしまった、敬子は、溜息をついた。

それで、あまり、敬子は眠れないまま、夜の食卓を、囲んでいたのだった。

ほんの少しまえまで、テーブルに所狭しと並んでいた刺身に焼き魚に、焼き肉に巻き寿司に、サラダに漬物に明太子に、調味料に箸にコップに缶に瓶にペットボトルに取り皿に。それらをすべて置くには、とても場所などないために、やれ、リモコンだのティッシュ箱だの、薬入れだのくだものを載せた盆だの携帯電話だの、といったものをできるだけ片隅に、だれも座らぬ丸椅子の上に、食器棚の縁に、テレビ台の脇によけて、それでも、まだ置けない、料理のでるのに間に合わないから、早く食べてよ。と、代わる代わる台所に立つ者たちが声を張り上げたおかげだろう。ほんの少しまえまであった料理皿はすっかりなくなって、ただ酒のつまみに、とだれかの買ったチーズが三切れ、それとタッパーに入った明太子と漬物が、コップのあいだにあるだけだった。まーだ、なんか食べたい気がするね。アイスば食べない。うんにゃ、アイスはお風呂上りまで我慢する、そういや、ケーキがあったたっちゃないと？　うん、あれ、こっちに入らんけん、お店の冷蔵庫に入れとるよ、持ってきない。稔、ビールば取りいくてしよると？　ついでにケーキも持ってきてよ。と、勢いよく流れる水音の隙間に、皿を洗う加代子と、お盆からひとつ取ったオレンジの皮を剝く美穂の声を聞きながら。

家族があつまるのは、いかにも、ひさしぶりだった。ただ、それにしては、ひさしぶりにあつまるにしても、ずいぶんとたくさん居る。よくも、こんなにぎゅうぎゅうに、と、聞きながら敬子は思った。あまりたくさん居るせいで、いっこうに、部屋が涼しくならないのだろう、ここと手洗い場とのあいだのドア、の上に取り付けてあるエアコンが、悲鳴のような唸り声を立てて、小刻みに揺れている。それに、たくさん居るせいで、だれがだれやら、見分けもつかない、というより、見分けるためには、まず、話している者のほうを向かねばならず、かおを向けるには、声を聞き分ける必要があるのだったが、それが彼女には、難儀でならない。

くたびれていたし、それに、だれもかれも似ていたし、それぞれが、めいめい、好きに話しているから、ふたつしかない耳では追いつかない。

だから、見分ける必要のない声、が、いちばん敬子の耳に入ってくる。テレビの声。テレビの、枠の向こうの者たち。この者たちは、だれも、自分に話し掛けてこない。知らないことがらを、あるいは、知っているが、やはりこの島の、村の、内山商店にとっては、関係のない、けれどきっとおもしろいのだろう。正月あたりから、いろんな番組で見かけるようになった、なんだか愛嬌のある若いふたり組の芸人について、その暮らし向きについて、こちらは知らないが、どうやらアナウンサーの女んひとんごたるね。つぎつぎと出てくる字幕に合わせて、盛んに話し、笑っている。

知らない人物たちの、知らない話題、を、めまぐるしく映すテレビの、こちらがわでは、まるで異なった調子の会話が、見知った者たちのあいだで交わされている。その、会話。会話というのも、とうに敬子は知っている。数年前から、いや、あるいはもしかすると、数十年前から知ったことを、テーブルにあつまった者たちは、口にしている。

もう、あと三時間もすれば終わる盆の用意の、手抜かり、心残りについて、兄ちゃんが買ってくるって思うやん？　それけん、うちはメロンだけでいいかなって、そう思いよったけんさ、もう平戸口に着いたころに葡萄があれば買ってきてくれって、そがん言われても無理やったけん。あそこは、入れんやったか？　どうだろ、あっちの道は通らんやったけん。糸島とか、その付近だったら、買えたかもしれんっちゃないと？　うんにゃ、だって渋滞しとったもん。うん、ずうっと、唐津までぞ？　でも、お寿司は立派なのが買えたじゃん。そうそう、えらい余っとったけん、あんまり美味しくないかもって思ったけど。いや、これで上等よ。ばってん、肉が少なかったな、おれん家《ち》から持ってきた分と、大村の家の分、みんなダイエーで、ダイエーじゃなか、イオンか。うんにゃ、コストコよ、イオンはもう忙しかったけん行きださんやった……と、話している者たちにとっても、敬子にとっても、毎年のことなのだった。毎年、飽かず、あれを買えばよかった、買いそびれた、買わなければよかった、と、楽しげに、心惜しげに話すこの者たち。哲雄、その妻の千佐子さん、美穂と、夫の明義さん、加代子、その夫の昭さん――いや。昭さんは居ない、どこか、煙草でも吸いに外へ出ていったのだろうか。それから、テーブルの向かいの端に並んで座るのは、稔と浩……さて、どっちが稔でどっちが浩だったか、いつもいっしょに居るものだから、たいてい呼び間違えてしまう。

　なにやら、霧がかかったように明るい。蛍光灯のあかりのせいだろうか。いや、声のせいなのだ。声が、声のどよもしが、光をふるわせて、それで、なにやら物の輪郭を摑めなくさせている、のだろうか。

　声は。声の行き交いは、また別の場所でもあった。敬子の耳は、それを、そう遠くない、いや、ずっと近い。なにしろ、暖簾で隔てただけの、隣の居間なのだから。遠くない、のに、敬子は、どこか遠方から、風にのって届けられる、もののように、その居間から聞こえる声にも、耳を傾ける。

舟だったらさ、やっぱり前を、こうしないと。

流しに、これから、夜の暗い海まで送ってやらねばならないのだから、舟を、舟に乗った死者たちを、流しに行くのだ。お盆が終わるのだから、舟を、舟に乗った死者たちを、
暖簾の向こう、の、居間にも机が置かれていて、いつもであれば、帳簿付けのため、うけた注文を、書き留めておくため、こまごま、ノートやメモ帳や、便箋や、チラシ、セロテープ、修正テープ、筆ペン、マジックペン、ボールペンのたぐい。雑然と、散らばりかけた、それらの物が置かれているのだったが、どうし《まったく》ぇ、ひとの多かけんかれ、今年は。あちらの机も、だれやらが急いで片付けたものらしい。おかげで、そこでも食事ができるものだから、机のまわりに腰を下ろして、いる者たち。

二階の仏壇にあげていた、食事を、それから舟を模した段ボールに積む。お土産なのだった。あちらに、帰るから、甘いものをたくさん。昼に支度した胡麻豆腐、素麵、煮物、おこわ、水菓子を敷き詰めて、舟に載せて、夜の海に流しに行くのだ、うちは行かれんばってん。若っか者で、連れのんで《わらなって》、流しに行く。

夜の海に漕ぎだして、帰っていかねばならないから、迷わぬよう、提灯も舟に括りつける。それに、線香も。これが、なかなか骨で、つける位置がわるければ転覆してしまう。うまいぐあいに、中に詰める食べ物を並べ、安定させるようにしなければならない。いく

ら段ボールの箱に載せるといっても、物事には。なんでも、前と後ろがある。四角いだけの段ボールでは、波止場の階段から、海に舟をそっと置き、それじゃ、また来年ね、と、たしかに、その、真っ暗な水面を赤く照らす提灯の下に、その、線香の煙を風に漂わせながら、頼りなく灯る光の中に、オジジやオババや、父ちゃんや母ちゃんや、トー兄や佐恵子姉さんや、宏くんや勲さんが、居るのだ。声をかけて、そら、行け、といくら言っても、ただの箱だと、ゆらゆら、ふらふら浮かんでいるだけで、波に寄せられて戻ってきてしまい、いつまで経っても沖へは向かえない。

やはり舟なのだから、舳先を作らなければならない。

もっとさ、尖らせないと。こっちも？　うん、後ろも、だって舟じゃん。でも、後ろをあんまり狭くすると食べ物載らなくならない？　だいじょうぶだって、深いんだから載るよ——いつのまにか、酒を飲み終えた加代子の夫の昭が、居間のほうに行って、ヤンバン《親方》のごと、知香と奈美に指示しよる。沖まで行って、そのままずっと流れていくんですか？　そう訊きながら、携帯電話を手にしている男のひとは、たしか……いや、だめだ。有名な役者の名前と字がすこし違うがおなじだと、そのことは知っているが、どうにも忘れてしまった。敬子はまだ憶えきらない名前の切れ端を拾うのをあきらめて、今年の夏にはじめて島を訪れた、暖簾の向こう、店のほうに降りて写真を撮る知香の夫を、眺めやる。

ずっとは流れないで、沈む。へえ、そうなの？　だって段ボールだし。でも、ときどきバラバラになったのが海に浮いてたりする。へえ、まあでも、紙製だから環境にはわるくないのかもね。そうじゃない？　うん、ごはんだって魚が食べるんだろうし。ええ、そこはほとけさまが食べるって言わんと。そうか、精霊舟だもんね。

もう洗ってないお皿はそっちのテーブルにはないね、と、声が言い、お父さん、飲みなんなってば！　と声が言った。別の声が、お付き合いで飲みよる、と言い、もうあっちの冷蔵庫にビールないけん、これでおしまいよ、と声が言うと、買ってこい、自販機で、と言う。

声？　だれの？

だれのでもないのだった。声が話している。とらえそこなった声が、だれかの声が、だれかの耳に辿り着くすべをうしなって、沈黙のうねりと、さわがしさの波のあいだを――海を――漕ぎ手のいない舟となって漂いだす。さっきから、ずっと敬子のまぶたは重たくなって。しかし、眠りは彼女を訪れないものだから、耳が、傍で盛んに話す者たちを、姿のないまま、その行き交う音のまま、彼女の脳裏に描きだす。

このスポンジさ、あれやね。話している声がまず先にあり、その声がなにかを言っている。昭ちゃんは、もうだいぶん足はいいと？　ひとが先にあるのではない、声が、声に対して、ひとを呼ぶ。静かあよ、だってふたりだもん、子供もいっしょに帰ってくるわけじゃないし。声は、自由に往来し、その届いた先に停留する。そりゃ、冷えとるつき《のかい》や？

短っちょかとば、おりに一口くれない。ひとびとは港なのだった。なん、泡が立たんってやろ、もうくたびれてるからね。声が立ち寄り、声が漕ぎ出ていく。あん家が、だいた《大体》な、そがんじゃったもな、はばしかしと《気性の激しい人》じゃったすろけんが。そうして声の行き交うところが、海なのだ。ふとかごと《大仰なこと》ばっかし言いよったて、わが《あんた》、言われよって、ひぃ孫にまで聞かれよっと——その海を、この、家の中に満《み》った海に行き交う声を、敬子の耳は聞きながら。

ああ、船着き場んおるごとせからしか《さわがしい》ねえ。

そう思っただけで、声の中に、すでに居ない者たちが居たのだったが、お盆だから、けっしてふしぎでもない。夜道で、墓場で、波止場で、なつかしい横顔とすれ違い、呼びかける暇なくまた来年、という瞬間は、この時期だとないことでもない。それに、いったん死んでしまった者は、死からどんどん遠ざかる。そして、こちらが近づいていくぶんだけ、なおさら向こうも近づいてくるのであり、彼女はそれもべつに、ふしぎとも思わず、ただ、うるさがるだけだった。

しかし、死者さえも、声となって港を往来しているのならば、妹の桐島多津子が居ないのはうそだと敬子は思うのだった。なにしろ、彼女は生きているのだから。しかし、同時に、敬子は、多津子の面倒くさがりな性格を知っている。ひとの多かろうけん、やぜらしか《うるさい》ろ？　うちは、よかよ、あんたがた昭くんのところと、哲ちゃんがた《家》と、それと美穂たち一家でたのしくやりない、そう言って、それから、トー兄に父ちゃん母ちゃんに、オジジオババに、宏くんに佐恵子姉さんに、なによりうちのイサちゃん（夫の勲のことを多津子はそう呼んだ）にって、ほとけさまもわいわいおるやろけん、うちはよかよ。ひとりで気ままにお盆ば過ごすばい、と冗談ごとに溶けた調子で、内山の墓の仲間入りをさせてもらった亡夫のぶんまで、お経をあげてもらうのを、さりげなく頼みながら、福岡の団地の一室で、今年はいっしょに島に帰るかと訊く加代子に電話で伝える妹の声を、敬子は思いうかべる。

最後に多津子と会うたのは、いつやったか。そう、六月。病院に薬を貰うのと、それから、胸のどうにも、痛いような、つかえのあるような具合だったから、その検査をしに美穂の車で福岡の病院に行くことになったが、朝のいちばんからの検査に時間を合わせるには、どうあっても間に合わないため、敬子は妹の多津子のもとで一泊させてもらうことにした。

市営団地の階段をようやく上りきって、美穂の手で開けられたドアの向こうは暗かった。暖簾がかかっているからだ。うちんがたとおんなじ暖簾が。だれが買ったか、もう憶えてはいないが、おなじ形と柄なのだから、おおかた加代子か美穂が持ってきて、多津子の家にもやったのだろう。その、暖簾をくぐったさきに、おうい、来たな——八十を過ぎた妹は待っていた。

座蒲団がよか？　うんにゃ、椅子がよか。立ちきらんってやろ？　うちもね、近ごろな、なりよるよ。なん、タッコ婆もって？　うん、こう、手ばつくと、あ痛さぁ《痛い》って。だんだん、そがんなるとさぃ、なんでも、手ぇとる《手間取る》ごとなる。まあ、混みよらんやったな、道は？　うん、お茶ば淹れよか、タッコ婆も飲むやろ？　うんにゃ、うちはな、コーシー。じゃ、うちも飲むかな、コーシーば、敬子婆はお茶にする？　うん、お茶がよか、コーヒーな、寝られんごとなる。ダイニングのテーブルに寄った、美穂と多津子の会話に混ざりながら、差し向かいになった妹のかおを敬子はしげしげと眺める。

　夕方すぎに美穂が帰り、翌日の病院にそなえて早く風呂をすませた敬子は、ようやく。そう、畳に腰をおろした。これで、あとは蒲団に横たわるまでは立ったり座ったり――もっとも、どうせ夜中に便所に起きなければならないのだが、それでも、ようやく楽んなれる、ずうっと、ここまで車じゃったけん、と、後ろ手についた先の畳を見やって、きさんさぁ《汚い》、と、思わず敬子は言わずにはいられなかった。

　ながいこと張り替えていない畳の、削がれ剝がれて黒ずんだ目をさわりながら、もう一度、きさんさぁ、こん畳の、と楽しそうに言う敬子は。たしかに、そう、ひさしぶりに妹といっしょに居て、ゆかいな気分ではあるのだった。

　なんね、きさんさぁって、と、怒ったように言う多津子も、わがで張り替えられんと？　呼ばれんと？　呼ぶって、畳屋さんばや、うん、団地やもん、張り替えるときは、いっせいに。他の部屋に住みよる者といっしょに張り替えると？　うん、そがんしてお金もあつめよるっちゃけん。他の者も、こがんね。こがんって、そうたい、きさんさ畳で寝起きしよるとやろよ、と話すうち笑みになったのは、やはり、多津子も楽しい、というか、こんなたあいのない会話が、わけもなくおもしろいからだった。その、多津子の笑みが、智郎《ともろう》にいかにも似ていたから。

まあ、わがの、兄さんにかおの、似てきよるね。と、汚いと笑った畳に敷いた蒲団に入った敬子は、ふと、明かりを消した暗い天井に向かって言う。あたりまえよ、なんばいまごろになって。昔からか？　うん、妹じゃんば。妹やけんねえ。うん、好かんじゃったよ、こんかおが、兄さんにはわるかばってん……鏡見るたび、いじわるか者に見えて。そう？　オバンになるまで。好かんでも。うん、取り替えるわけいかんしねえ、畳と違《ちご》うて、と、ぽつりぽつり話す姉妹の声が、暗闇に浮かんでいく。

お、対馬で避難指示。え？　どこって？　と、声が声にたずねる。あら、生月《いきつき》大橋が通行止めって。いつ？　さっき、ほら、いま映りよる。そうだ、ここは家のなかだ。どよもしの海に居るのだ。敬子はかおを上げ、テレビに目をやった。いつのまにか、さわがしい番組が終わってニュースが流れていた。

ああ、ようやくだね、今年のお盆も終わるね、と、満足げにちいさく溜息をついた声が言う。お盆あけには、また敬子婆には、外に出歩いてもらわにゃ。と、そう言った声の主は加代子で、それを聞いて稔はほお笑まずにはいられなかった。彼は、病気が流行りだす以前から敬子の子供たち、美穂に加代子に哲雄が島に来て、数日から十日ほど年老いた母親の面倒を交替で見ながら、店を手伝っているのだと母の美穂から聞かされていた。そのようにして美穂たちが家のある福岡から島を訪れるわけというのはほかでもない、ひとりきりの老親を寝たきり老人にはさせんばい、ぼけもさせんばい。と、言いあっているからで、その子供たちのなかでも加代子は、がんらい運動好きであったから、母親にも歩行補助器具を手にさせて、店のまえの道をあるくよう言ってきかなかった。そのため、美穂より哲雄より、加代子がいちばんスパルタで、敬子婆のくたびれるって愚痴りよった。と、これは多津子から、いつだったか不意に電話がかかってきたさいに聞かされたことがあったのを、彼は思いだしているのであった。また、その「スパルタ」の加代子が、敬子の寝る部屋をあらたに増築したとき、敬子婆は、ずっと海を眺められる部屋に暮らすのが夢だったからね、ずっとお店ばして、ようやく窓から海みて過ごす夢がかなったんだよ、と言っていたことも、稔は思いだす。夢って、もう、ずいぶん婆ちゃんになってしまっとるよ。うん、そうやけど、いいじゃんね、まえからの夢だったんだから——まあね、心配されよるとよ。と、電話口で多津子は加代子の「スパルタ」にも理由があるのだと示すように、なんたって、お母ちゃんやけんね、加代子たちにとっては。

そう、付けくわえた多津子との会話を思いだしていた稔の、自分と加代子を交互に眺めるまなざしに、敬子は気づかないでいた。なぜなら稔は声を発さなかったから。

パシ、パシ、という音が外から聞こえる。サンダルを引きずりつつ、跳ね返ってくるのを踵に打ちつつといった足音だった。それからすぐにテレビの後ろの磨りガラスを、左から右へ、港に面した店の入り口に通じる外の廊下を、ぼやけた白いシャツが横切って。

お、満員やなあ、そろそろ流しに行こうか。

店の外の廊下に通じるドアが開き、見知ったかおがのぞいた。隣の家のコウボ。夫の宏の親戚で、いっしょに精霊舟を流しに行くことになっている。

声が、声に呼ばれていた者たちが、姿をあらわした。コップを置いた稔と浩が立ち上がると、奈美と知香とその夫も、居間の上がり口から店のほうに降りて靴を履き、それじゃあ、行ってくるけん。どこで流すと？　もう、遠くまで行かんで、波止場の端っこで。え、それじゃ湾から出られんちゃない？　どうやろ、すこし雨の降りそうやから。そうね、じゃあ。うん、ぱぱっと行ってくる、と、口々に言う声が、どれも若い者たちばかりに思われたから。

子供たちだけで行くと？　コウボもいっしょに行ってくるると̀ね？

店の廊下に固まっている者たちに、敬子がそう訊くと、子供たち！　と、奈美が笑った。二十代だってひとりもおらんとに。このふたりげな《なんて》、おじさんぞ？　それやったら奈美だっておばさんやろうもん。ああ、ぼくはまだ二十九です。あ、裕二郎くんはそうか。子供でもおじさんでもどっちでもよかけん、と、これから流す舟を両手に持つ稔が、重くてかなわないから、さっさと行こうといった口調で言い、それを合図に、やはり、わいわいと話しながら声は廊下を通っていって。

静かになった。テレビの音も、べつにだれもリモコンをさわってなどいないのに、小さくなったように思われて、やはり、ひとのあがんにおるけん、せからしかったとねえ。なんて？ 寝よった？ 寝かけよったよ。そうね。ああ、夢ば、見るってしよったような、そがん心地やったよ。夢？ うん、あそこ、ほら、納屋に行く道さ、橋のあったろ、むかしはさ？ 橋ねえ、ああ、あった。そこの橋さな真ん中に立ちよる夢ば、ふわあって心地でさぃ、見だしよったよ、うちは——と、敬子は、ふたたび多津子と天井を眺めながら、そうだ、六月に泊まった日の夜、夢の話を妹としたことを思いだす。蒲団に横になって、枕に頭をつけて、薄くなった髪の毛が枕に擦れる音を、聞きながら、でも、それよりもさらに横に並べた蒲団に寝る妹の、声に、耳を傾け、暗い天井に立ち昇っていくことばを見つめている。

「涼しいね。家の中よりも外のほうが」

家の前の道を渡り、波止場までつづく暗がりを歩きながら、浩が言った。浩の手にする白い杖が立てるカッ、カッという規則的な音が、ちょうど彼と、兄の片方の手に自らの腕をからませて付き添う稔の歩度にあわせて、暗闇に響いていた。

「うん、風もあるし。だいたい、あんなに部屋にひとがおったら、どんだけエアコンかけても冷えんさ」と稔は言って後ろを向いた、自分らのあとを付いてくる者たちが、なにやら楽しそうに笑い声をあげたのが聞こえたから。

後ろからは奈美と知香、その夫の裕二郎がゆっくりとした足取りであるいてきていた。奈美と知香のかおは、すこし離れたところに立つ街灯に照らされ、青白く見えた。そのふたりの額や頬のまわりを、風のぐあいによって後ろ髪や、もみあげ、それにせっかくつくったらしい前髪が、しきりと揺れうごく影のように飛び交っていた。ふたたび前を向いた稔は、自分たちのすぐ先を行く、親戚であるコウボの白いシャツに目をやった。「これで湿気がなかったらいいんだけどね」

「そうねえ、じめじめしてるね。でも、秋っぽくなってきたっちゃないと?」と浩は言い、なにかを嗅ぎとろうとでもするように心持ちかおを上げた。

浩も稔も、それから前と後ろをあるく者たちのだれもマスクを着けていなかった。夜で、ほかのひとと会うこともないだろうし、それに風も吹いていたからべつにかまわないだろうと判断したのだった。

「秋のにおいがする？　まだ、ばってん、これから九月、十月って、まだまだ暑い日がくるよ。きょうは風が強いけん涼しいけど」

「うんにゃ、秋のにおいっていうか、雨上がりのにおいやねって思って」

「そうね、そがんかも……杖の音が響くね」と、稔は言った。

彼は両手に舟を抱えていた。舟そのものの大きさに加えて、いろいろと詰め込まれた食べ物の上に突き立てられた麻幹《おがら》に、提灯が括りつけてあった。その胸の前に抱えられた舟と提灯のために、彼は足許がよく見えなかった。それで彼は、できるだけ視界を遠くに、コウボの後ろ姿にさだめて段差や溝がないことをたしかめつつあるき、なお兄の杖の音によっても、ずっと道が平坦であるかどうか、また途中に車止めのコンクリートブロックや打ち棄てられた発泡スチロール製のブイといった、またぐ必要のあるものがないか聞き耳を立てているのだった。

「なに、うるさい？」と浩が訊いた。

「うんにゃ、べつに」と稔は答えて言い、それから「この音が聞こえなくなったら、浩が海に落ちたってわかるね」と、笑みを浮かべて兄の横顔を見た。

「そんときは、稔も海に落ちるやろうもん。腕を組んでるんだから」

弟の軽口に、浩もにっこりと口を開けて言った。「それとも、わがだけは腕を放して落ちるのを回避するって？」

「どうだろ。凪いどったら落ちてもいいけどさ……波がすごい、ほら！」

波止場にちかづくにつれて、岸壁に打ちよせる波音が聞こえだし、また防波堤の向こう、湾をでていった沖から、いかにも地響きに似た音がたえず鳴っているのを耳にすると、稔は浩との会話のあいだ浮かべていた笑みを口元に留めたまま言うのだった。

「おー!」

稔と浩のすぐ後ろに来ていた奈美と知香が、そろって声をあげた。それは、二十メートルほどあるいていった波止場の、湾内に繋がれた幾艘もの漁船のあいだから、岸壁に打ちつけられた波がいきおいよく空へと跳ね上がり、雨のように地面に降り注いだからだった。

「地獄温泉のごたる」と稔は後ろを振りかえって言った。「雨は降ってないのに水しぶきが腕や首にかかるけん、どこから水が来てるんだろうって思ったら」

「稔、落ちなんなよ。こんな大荒れの海はひさしぶりじゃないかな?」と浩がさきほどの会話をつづけて言った。

「いや、時化《しけ》てるときはこんなもんじゃないよ」

稔たちを待って立ち止まっていたコウボが、浩の声を聞いて言った。「おれが子供のときは、年に一回は台風が真上を通っていってたもんな」

「直撃してたんですか?」と稔は、コウボの傍まで来ると舟を一度地面に置き、それから持ち直しながら訊いた。

「うん、一個は必ず直撃しとったな。そういう日は、家族全員でおなじ部屋におってな。台風が通り過ぎるまで。そのうち島の上に来ると、昼でも外が真っ暗になって、畳が持ち上がって、呼吸するみたいにふわ、ふわっていうのを上から乗って押さえて……」

「え! どうするんですか?」と、稔たちの傍まで来て、いっしょにあるきだしていた裕二郎が言った。
「別になんにも。親父もおふくろも黙って座ってるだけで、子供は宿題して。戸を全部閉め切るから、これが暑うてかなわん。よう停電にもなっとったな、村の自家発電やったから、あのころは」と、ながく大阪に暮らしているため、島とも福岡ともちがう西のことばの調子を響かせながら、コウボは話した。

例年ならば稔たちは、港を左の方に向かってずっとあるいていき、湾を囲んで建つ家々からも離れた、ただ原っぱと竹林が防波堤に沿ってつづく道のさきの、磯に降りられる階段口で舟を流していた。湾内にも海に降りていくことのできる場所があるにはあったものの、そこから舟を投じても、いつまで経っても沖に出ていかず湾の中に留まってしまうだろう。

「さてと。どこで舟を流すか。もう、湾の内側でもええんちゃうかな。今年は、あっちの磯で流してもすぐ沈んでしまうよ」だが、今年はコウボがそう言い、またいつも行く磯までは距離があるのを舟を抱えている稔が億劫がったのと（彼は父の明義に付き合ってビールを何本も飲み干していた）、なおさらに、いかにも海が荒れていて、階段には手すりもなかったから危ないだろうと奈美たちが口々に言ったため、湾の内側で流すことになった。

「せっかくさ」と奈美は、磯には行くのを取りやめつつも、残念そうな口ぶりで言うのだった。「食べ物をいろいろ詰めたのにさ、魚のえさになるね」

「じゃあ、あっちの、シャンシャンパナ（村はずれの磯のことをそう呼ぶのだった）に行く？」

「それは、いや。もうあるきたくない」と、知香のことばに答えて言うと、せめて波止場のできるだけ端から流そう、荒れた波にあおられてもなお沈まなければ、あるいは湾の出入り口から沖に出られるかもしれないから——奈美はそのように言って、湾に突き出した防波堤の突端まで向かうべくあるきだした。奈美の後ろからは知香の夫が、足許を携帯電話の強い光を放つ機能で照らした。知香も同様に稔と浩、それとコウボのあるく先を照らした。

防波堤の突端、つまり湾の出入り口までは、広く真っすぐの、平らなアスファルトで舗装された道がつづいていた。道には数本の街灯が設置してあり、全体にほの明るかった。そして、この光はどういうわけだか、足許に落ちた影の輪郭を二重にした。そのため道は、もっと暗いばあいよりも、かえって足の運びをあやまらせてしまうような、あいまいな感じだった。道の海側には、数十メートル置きに船を繋ぐ係柱があって、それは離れた場所から照らす街灯のぼんやりした光の中だと、だれか小さな子供か老人がしゃがんで、暗い海に向かって綱を握っているように見えた。反対側には、ひとの背丈ほどの高さに突き出た防波堤があり、そのため沖のほうを覗くには、飛び跳ね、よじのぼる必要があった。

「平戸の橋ってあっちだよね？」と、裕二郎が言って、サンダルの地面を打ち付ける軽やかな音をさせて防波堤に飛びつこうと試みた。

「汚れちゃうよ」と知香が言った。それというのも防波堤の上は夏でも冬でも、季節を問わず海鳥の群れが根城としていて、そこかしこに糞が落ちているのを知っていたから。

なにも見えないだけ、よけいに防波堤の向こうと、そして湾の内側で暴れ、のたくっているような波音が辺りにこだましているようだった。また、強い風の音に混じって、なにかが大きく回転し、空気をかき混ぜているような音もしていたが、その正体というのは島の山腹に七本、八本と建てられた風力発電のプロペラだった。それらのものが立てる音の一切がすさまじく思われ、同時に多少酒が入った身で飛びでた者たちにとっては、なにやら震えてくるような楽しさをおぼえる夜だった。風の音にまけないよう、奈美も知香も家の中に居たときよりも大きな声で話し、裕二郎もひさしぶりに酔い心地だ、それこそコロナのずっと前の、大学のころに友達と遊んでいたときのような夜だと妻に言うのだった。

「水溜まりあるよお」と、防波堤のほうに寄りながらコウボが言った。

サンダルを履いているとはいっても、きっと足を濡らさずに渡ることはできないと思われるほどの、大きな水溜まりが道の真ん中にあった。これも、おおかた波止場に打ち寄せあふれた波が地面を洗ったのだろうと言いながら、コウボは道の脇に身を寄せ、シャツの肩を防波堤で擦りながら通り過ぎた。いくら広い道といっても、浩を防波堤の側にあるかせるために、稔は水に足を浸けないわけにはいかなかった。

「うえ」とできるだけ大股で水の上を渡った稔は、足裏の温《ぬる》い感触に声をもらした。

「濡れた？」と、浩が訊いた。

「すこしね」

数歩ほど離れたとき、足許からザザザザという、大量の水がどこかに引っ張られていくような音がした。つぎの瞬間、波が壁にぶつかる音、そして大量の水を地面にぶち撒けたような音がしたかと思うと、後ろで奈美と知香が、さきほどよりも大きく叫び声をあげた。それはすぐに笑い声に変わった。稔が振り向くと、腕を胸の高さまで持ちあげ、雨でも受けようとするように両方の手の平を上に、肩より外に開いたかっこうの奈美と知香が、大きく目を見開いたまま立って笑っていた。

「だいじょうぶ？　びっくりしたあ！」と裕二郎が、両手を膝について心持ち屈んだ姿で、短く笑い声を発しながら言った。

水溜まりは、波止場に打ち寄せた海水によってできたのではなかった。稔たちのあるく道というのは、どうやら巨大なコンクリートの塊を継いでいくようにして造られたものだったらしく、よく見ればごく細いまっすぐな切れ目のような隙間が、ちょうど水溜まりのある場所に入っていた。そして、切れ目の下は海なのだった。波に押されて流れこみ、もどることもできず行き場をうしなった海の水は、いまのように不規則に、ときおり狭い隙間から空めがけていきおいよく噴きだす。その瞬間、奈美と知香は、まさに切れ目を跨ぎ越そうとしていたところだった。

それから奈美と知香とは、お互いの額に濡れて貼りついた前髪を笑い、水が噴きでたさいに相手のあげた声と、それから自分自身の声の調子を再現して笑い、色をうしなって狼狽するあまり、まるで化石したように一歩もうごけなかったことを笑った。ふたりは口々に、どれだけ恐ろしかったのかを息せき切ってことばに表現しようともすれば、またどれだけ持っていた携帯電話で撮影していればよかったか惜しむのだった。「いまのあれ、あれだね、スプラッシュ・マウンテン!」

奈美がそう言うのに、「マウンテンはおかしいから、スプラッシュ……」と知香は考えるように一瞬間黙りこんだ。「スプラッシュでいいっちゃない?」

「思いつかんかったっちゃろ?」と、奈美が笑って言った。「そうだ、スプラーッシュって伸ばしたらいいね、スプラーッシュ!」

あっというまにアトラクションに仕立て上げ、そうすることでたしかに恐怖したにちがいないできごとから、軽々とたのしみのほうへと飛び移りながら奈美と知香が話すのを、浩と稔はそのかおに——兄にとっては大きな音とそのあとの悲鳴によって、弟は水の柱で妹と従妹《いとこ》がたちまち見えなくなったことによって——浮かべていた驚きの表情を、そのはしゃいだ声で安堵のほお笑みに置き換えながら聞いているのだった。コウボはといえば、さまで驚いたようすもなく、ただ「すごいな」と言うだけだった、道の亀裂から噴きでる巨大な水しぶきなどは、過去に訪れた台風によっていくらでも見たことがあったから。

稔たちはさらにあるいていった。やがて道が折れて、すぐに突端にたどり着くが、彼らはその手前の、くの字の曲がり角で立ち止まった。角には階段が設けてあって、海に降りていくことができた。階段の先を、知香の手にする携帯電話の光が照らした。ゴプ、ドプ、という音をさせて大きくうねる水の塊に、舟を手にしたコウボと稔の影が落ちていた。凪いでいるならば、あるいはきょうのように時化ていなければ、最後まで降りることができたろうが、階段を四段もくだると、もうその先の段はすっかり沈んでしまっていた。それに、四段目にしてもひっきりなしに波が被り、苔や海藻の類が生えているかもしれず、足を滑らせないよう一歩ずつ慎重に降りなければならなかった。

まずコウボが、立てていた線香と、それから提灯の中に挿し付けてあった短い蠟燭に火を点けて階段を降りていった。最初の段に足を下ろしたときに、風の吹く音にかき消えそうな小声で「えらい暗いな」とつぶやくのを聞いて、稔は後ろに退きながら「奈美、真上から照らしたらいいっちゃない？」と、自分のすぐ後ろに立ち、コウボの足許を携帯電話で照らしていた奈美に言った。

「あーね。影がね、前じゃなくて下にできるけんね」

奈美はそう言うと、ちょうど角を折れたところから、下に居るコウボに光を向けた。

「ここでミーくん（稔）も照らしてやるけん、ヒロくん（浩）は、知香にお願いして」

「おっ」とコウボは掛け声をあげ、海面に置いた舟の後ろを、湾の出入り口のほうに向かってつよく手で押した。階段の手前に立っていた裕二郎は身じろぎもせず、かおの前で手に持つ携帯電話を舟に向けると、小さく音を鳴らした。傍に立つ知香の携帯電話からもおなじ音がした。ふたりに撮影され、奈美に照らされながら、舟は一メートルほど進んで、すぐに上下する海面で方向を失ったように止まると、波の上で提灯を揺らしながら漂いはじめた。

「やっぱり、壁に寄っていってしまうな」

やがて、すこしずつ突端の岸壁のほうへと運ばれていく舟を眺めながら、階段を上がってきたコウボが言った。「ヒロくん」と知香が言って、差し出した腕の傍に行くよう、稔は浩を肩でうながした。コウボがしたように彼も風を手でさえぎりながら、しかし何度も吹き消されてしまいながらも、どうにかライターで線香と提灯の中に火を点けると、足許が滑りはしないか一歩ずつたしかめながら、階段を降りていった。最初の段に彼が足を下ろすと、隠れ潜んでいたらしい段差の縁から波のぶつかる壁に沿って、差し込む光と稔の足に脅かされたフナムシの群れが散り散りになって逃げていくのが見えた。降りていくごとに右側には海が近づき、奈美と裕二郎によって投じられた携帯電話の光がふたつ、うごめく水面に反射していた。下から風が吹き上げ、階段の左側の壁にぶつかって、なにやら海藻と砂埃の混ざったようなにおいがした。四段目まで足を下ろすとカキか、それともカラスガイかフジツボか、暗くて見えないものの、とにかく貝殻の欠片を踏んだらしく、サンダルの底でパチン、と小さく砕ける音がした。稔はそこで、中腰になったものか、それとも投げ入れるように舟を水にうかべたものか、しばし逡巡したようにうごかずにいたが、片足を一段上に置くと、できるだけ腕を伸ばし、落とさないように進水させることにした。ザプン、という音がして海面が盛り上がり、四段目に置いていたほうの足を濡らした。それを合図にするように、彼もまた「よっ！」と声をだして急いで舟を水面に下ろし、船尾にあたる段ボールの後ろを片手で押した。稔たちの舟も、コウボのものとおなじように暗い海面に漂いでて、波に弄ばれながら湾を囲む岸壁の突端に近づいていった。

「ああ、おしまいおしまい」と上にあがってきた稔は、ようやく両手が空いて身軽になったのを声にあらわしながら言うと、すぐに知香の横に立つ浩の腕をとった。「戻ったら洗わないかん。足首まで濡れたよ」

「だいじょうぶか、落ちんやったか？」と浩が口元に笑みを浮かべて言った。

「ふん、落ちてたら風呂に入らないかんところやった」と、鼻を鳴らして笑うと稔は言った。

階段の上に立つ奈美たちは、暗い湾の中に漂流する二艘の舟を、手にした携帯電話でしばらくのあいだ撮影していた。道の上からだと、まるで舟はうごかないで、いつまでも出入り口の岸壁の傍に止まっているように見えていた。だが肉眼ではなく写真で撮ってみれば、フラッシュの光が届かないで、真っ暗な画面の真ん中に、胡麻粒のようなオレンジ色の光がふたつ、かろうじて写っていることから、二艘の舟は思いのほか速く遠ざかりつつあるのだとわかるのだった。奈美と知香は、「出られるかもね」「きれいに写ってるのある？　お母さんに見せるけん写真送って」「これ？」「えー、なんか、全然写ってないね」「そう？　ほら、この小さいのが」「うん、提灯の光ね。あたらしいのでも、ピント合わないとこんな感じ？」と、敬子の家を出てからそうだったように、また携帯電話の画面をあるきながら見つめ、ときおり振りかえっては、いま舟がどこにあるのか暗い湾に目をやった。コウボは裕二郎と並んであるいていた。それで行きとは違って、稔と浩のふたりが先頭をあるきだしていた。

「空みたいだってねえ」と、ふいに浩がつぶやいた。

「なんが？」と稔は訊いた。

「いや、最新のスマホでも夜だときれいに写らないんだねって」

後ろで交わされる会話に、聞き耳を立てていたらしい浩はそう言った。「けっこう、月なんかきれいに写るって宣伝されてるんじゃなかったかなって」

「ああ。どうだろう。遠いとね。月なんかは、あれじゃない？　光度？　光源って言うっちゃろうか、それが多いときれいに写るっちゃないかな」

「星はきれいに写るっちゃろうかね？」

「冬の空やったら写るっちゃない？　空気が澄んどるけん」

「星ねえ」と、浩はまたつぶやくように言って笑みを浮かべた。

「なんや、空、星って。ロマンチックってや？」稔も、口元を薄ら笑いで横にひろげると兄の横顔を見て言った。「なんか思いだした？」どういうものか、ながくともに暮らすうちに稔は、兄がどのようなことを考えて笑みを浮かべるのか想像がつくようになっていた。

《なんか、ゲームのことば思いだしよるっちゃろ……》

「うん、カービィば思いだしよったよ」と浩は言った、いっそうその口を大きく開き、にっこりとしながら。

「ああ！　カビデラね」と稔は、まさに思い浮かべていたことが当たったうれしさを声にあらわして、当時ふたりのあいだでそう呼んでいたゲームソフトの略称を言うのだった。

「星にねがいを、やろ？」

「銀河にねがいを」浩は、弟の記憶違いを正して言った。「あんな感じの星空が写るのかなって。あたらしいスマホやったらさ」

「はは。星空っていうか、ボスキャラのあいつ……（マルクと浩が言った）そう、マルクが浮かんでる宇宙空間ね。どうやろ、あれは、ゲームやけんねえ。あんなたくさんの星は、冬でも撮影できるかなあ」と、稔は酔いのうちにある心地良さを感じながら、ことばの最後を引き伸ばすようにしゃべるのだった。そうして同時に、ふと去来した感傷——兄の目がまだ見えていたころにいっしょになって遊んでいたテレビゲームのことを話しているせいで、胸に去来し、首の後ろを這い上がってきて、目や鼻をむず痒くさせようとする感傷を払いのけるべく、「ふん」と、なるべく皮肉な響きをもつ笑い声を立てた。「ゲームげな、もう子供のころみたいに集中して遊べんやろうな」

ほら、あれ、と奈美が声をあげた。稔は後ろに、とはいってても付いてきている家族ではなく湾の出入り口のほうに目をやった。暗い海の上を、提灯の小さなふたつの光が揺れている。それは、さきほどよりもさらに遠くで灯っているように見えていた。してみるならば、沖に出ていったのだ——「湾から出ていけてるんじゃない?」「どっち? どっちも?」「わからん、でも、あれ、ふたつあるよね、よかったじゃん、これでほとけさま、あっちに帰れるじゃん」「あっちって」「いいやない、天国って言わんだけましよ」「はは、キリスト教じゃないって?」「うん、あっちでいいくさ、こっちじゃないっちゃけん」

「にぎやかな一家ですね!」

だれにともなく裕二郎はそう言った。するとさっそく、「いや、おれは除外してくれないと。うるさいのは敬子婆の家よ」とコウボが言い、「ええ、お母さんたちよ、うちらは静かなほうよね」「うん、お母さんとミーちゃん(美穂)だったら、さっきのスプラーッシュの瞬間なんか、もっとうるさいね」口々に奈美と知香からも言い返された彼は、加勢してくれというように稔と浩に向かって笑いかけた。島に来てからというもの、この家族の騒々しさに驚き、どう形容していいか考えていたものらしい。それで、ようやく口をついて出たことばによって批評をこころみることで、彼が新参者として打ち解けたいと願っていることが感じられたから、稔も心からの笑みをうかべて、賛同するようにうなずいてみせるのだった。

「全員たいな?」と稔は浩に言った。

「うん。全員せからしかよ」浩は答えて言った。

漕ぎだしていった舟が遠ざかってゆき、やがて声が、夢を見る敬子の多津子と交わす、ふたりだけの、ぽつりぽつりと天井に浮かんでいくような小さな声が、市営団地の部屋のなかで聞こえている。

静かね、こん家な。静か?　そう、静かよ。うん、道の……大きい車道から奥まったところに建っとるけんね。いつもこがんに静かつきゃ?　うん、あんまし静かやけん、ラジオば点けて、うつらうつら聴いて、そがんして寝よるよ、いつもは。そうな。うん、今晩はラジオば点けんでおるけんやろね、さっきは、ふわあって、寝かけよったよ。うん。そう、夢ばさぃ、あん吉川の納屋に渡る橋の上に、立ちよる夢ば見よったよ。吉川の納屋の横に、川のね。そう、川のあってね、よう、なんでか知らん、よく蛇の、それもヒラクチがさぃ、川の脇で寝とってね、それがうちは恐ろしうしてね。うん、水の傍が気持ちんよかけん、湿気のあるところに出てくるとよ。いちばん嫌じゃったよ、蛇が。うん、オオクボの納屋のとこ。そうそう、オオクボの納屋のあって、そいで横にクボタの納屋で。そんつぎがスミヨシ、ヤンサカの納屋で。そうそう、ヤンサカの家の納屋もあって。そぃで、川のあってね。橋の、そがん立派じゃのうして、竹と木で組んだごたるとの、吉川の納屋に行くにはあって……うちも、よう見る。なん、橋の夢ばや？　うん、よう見るとぞ、橋の上に立っとってな、そん橋の、あっちと、こっちのあいだの板の破れとって。敬子婆も見る？　うん。うちもな、そがん夢ば見たばっかしよ、さっきも、穴のほげとって《空いていて》、どうしよかねえって……そうね、姉妹けんね。そう、年寄り姉妹、ふっふ。ふふふ、おんなじもんば食べて、おんなじように納屋で炒子《いりこ》ば干しよったけん、夢も似てくるたな。そうよ、来る日も来る日も、炒子ば干して、また大漁旗の揚がっとるって、納屋んまえに船ん来るたんび。うん、憂鬱やったね。そうよ、憂鬱。やがて稔と浩は、ふたたび水溜まりの前まで来た。「浩、ほらここ」と稔は腕を組む兄に言って、立ち止まった。

「ミーくんとヒロくん、スプラーッシュに気をつけないと。うちらみたいに濡れるよ」と、後ろから知香が言った。「タイミングをはかって、いっせいの、で走り抜けたがいいよ」

「どうしようか、稔？」

　浩が言った。そのかおは、愉しい挑戦の機会を見つけた者のような笑みに照らされていた。道には、あの水を噴き上げる細い切れ目のほか段差もなく、停泊する船の漁師たちの所有するブイや漁網も、防波堤の下に寄せて置かれてあった。してみれば、浩が転ぶおそれもないため、思いきり駆けだすこともできる、しかし——このとき稔は、ふと、《おれは、この瞬間を知ってるぞ。見たことのあるぞ》という、いわゆるデジャヴに捕らえられたような気持ちにおちいった。とはいえ正確にいえば、デジャヴなどではなかった。彼は、浩といっしょに暮らすようになってずいぶんと経つのだったが、なにかが起こるかもしれない瞬間を、兄といっしょに迎える夢というのをしばしば見ていた。夢は、見るたび異なっていたが、どれもおなじような危機の縁に立ちいたった自分が、焦燥を感じながら、どうにかして腕につかまえた兄を危険から遠ざけようとする筋書きだった。この夢のなかでの危険をまえに逡巡している瞬間の感覚と、いま現在とが稔のなかで重なり、急にせまってきたのである。《そう、おれはこんな瞬間ば、夢でよう見るな。マンション、それもめまいがするぐらい高いマンションの屋上の足許が、どういうわけか金網を張り巡らせたようなとで、その網の向こうに、ずっと下にある小さな自動車や街路樹が見えとって。足がすくんで、どうにもおれは動けないでいる。そこにいつのまにか浩が来とる。屋上のまわりには落下を防止する柵もない、それなのに、浩は見えとらんけん、平気でふらふらとあるきまわって、おれは慌てて腕を摑む。ばってん、意外と強い力で、ぐいぐいと浩は、まるでどこかに向かう目的でもあるみたいに、先に向かおうとする。屋上の金網は、知らんうちに狭く、細く、渡り廊下みたいな形に変わっとって、いよいよ浩をあるかせるのは危ないとに、どうしてか、まるで意地をはるみたいに浩はあるいていこうとする……そんな夢ば、つい最近に見た気がするな》それけんやろね。ああ、夢ば見るにしてもね。うん、ほかに、いろいろ見る夢もあるはずとに、どうしてか知らんばってんさぃ、あん橋に立って。うちは立っとることもあるばってん、こう、這うごとしておることの多かよ。橋ん上でや？　そう、ぐらぐらして、下におっこちるとじゃなかろかちうて。そうな……ああ、いま思いだしても、くたびれる気のするよ、うちは。なんが、車でずっと乗っとったけん？　うんにゃ、炒子製造。なんね、炒子製造の話や、ばってん、そうたな、あれはくたびれたよ、うちも。もう、朝の早《は》よから、まあだ、わが、寒か日は蒲団から起きられんやったと、うちは。うん、起きだされんで、ぐずぐずしよったらオジジにがられる《叱られる》けんね。なんばテレテレしよったかあ、ちうて、オジジの、がみころす《ひどく怒る》けんな。がみころす！　ああ、うちは、ひさしぶりに聞いたよ、がみころす……そうたい。家んなかでぐうたらしてよかとは、トー兄だけやったもんば。うん、長男坊じゃったけん。うん、長男坊。かわいい長男じゃったけん、オジジもオババも甘やかしよった。そう、靴でちゃ《でも》服でちゃ食べ物でちゃ、なんでも。そう、トー兄がいちばん最初にもらいよったもん。うちはそのおさがり、服てろ《だの》教科書てろ食べ物てろ、なんでもおさがりか、余ったとのしかもらわれんじゃったよ。それやったらうちもぞ？　多津子もやったきゃ？　あたりまえたい、おなじ家やったもんば、末っ子やけん、うちは敬子婆のおさがりばもらいよったよ、靴げな、うちのころは島に入ってこんじゃったもん、戦争終わってすぐやったけん、学校でも買うにはくじ引きして、当たったもんからしか買われんじゃったよ、運動靴げな。くじ引きやったつな……うちは貧乏くじば引いたよ、長女に生まれて。学校上げてもらわれんやったけん？　そう、わがは上げてもろて、トー兄も通いよって、うちだけ。「なんで止まっとるとか？」「タイミング見てるんだよ」「いまじゃない？　いまが波引いてるんじゃない？」「ヒロくんは、走れるんかな」「走る走る、敬子婆より速い」「敬子婆よりはそりゃ、みんな速いって」と、奈美たちが話すのを聞いているあいだも、稔は考えつづけているのだった。

《この夢のまえにも、おれは似たようなのを見たことのあったな。べつの夢でも、やっぱりいつのまにか浩といっしょにおって、そう、山道をあるいとった。奈美やお母さんとはぐれてしまったか、どうかして……いや、なんかの学校の行事に参加して山のなかをあるいている、そんな内容やったかな。山やけん、丸太の細いとを階段がわりにしたような坂道もあれば、傍に川なんかが流れとるのに、そこを浩がひょいひょい平気であるいていくもんやけん、おれは肝をつぶして追いかけて……そう、なぜか、あのとき浩とおれは腕を組んどらんで、なのに、浩の目は見えとらんのに、ずんずんとわがだけで行って、おれはそのあとを追いかけて。そして、いつのまにか自分たちが追いかけられとるとに気がつく。山道にはおれと浩以外にもハイキングをしているひとたちがおって、その何人かのあいだで、熊がちかくにひそんでいるっていう声がする。で、遠くの茂みに、黒い塊がうごいているのが見えとる。それは、近づいてきているようにも、まだおれと浩に気づいとらんようにも見える。おれは必死で浩の腕をとって逃げる、道もなにもない山のなかを抜けて、とにかく遠くに、浩の手に握られとる杖の音で気づかれんごと。そう、そして、どうしても飛び越えんといかん溝みたいな窪みにぶつかる。後ろからは熊の気配がする。浩といっしょやったら、ばってん、とても、その溝は飛び越えられん。そんなちょうど、いまみたいな感じの夢をおれはよく見るな》——このように稔は考えているのだったが、それはわずかに数秒のあいだであった。奈美や知香、裕二郎にコウボといった者たちには、ただ駆けだす踏ん切りがついていないだけに見えていた。稔の背中に逡巡を見て取った奈美と知香のあいだには、しだいに、あるひとつの期待が湧き起こってくるのだった。

「ねえ、知香」と奈美が言った。

「うん」と答えた知香のかおには笑みが浮かんでいたが、それは従姉妹《いとこ》の言いたいことは自分も了解している、このぐずぐずとした時間を経て、いざ駆けだしたちょうどの瞬間に、稔と浩があの水しぶきに見舞われたならば、きっと腹をかかえて笑ってしまうだろう、そう言っていた。

校長先生の来たってね、敬子さんば上の学校に通わせたらどうかって、オジジに言いにさ。そう、ばってんオジジな、もう家んことで忙しかけん、通わされん、ちうて断って。どうして通わされんはずがね、なかろうたな。家から、そがん、子供たちば出しとなかったとよ、オジジな。狭か考えのひとやったとね、学校やるとはトー兄だけでよかって思いよったとやろね。ばってん、多津子は。うん、うちは上げてもろた、戦争も終わったけんやろね、わるい遊びやらおぼえんで、ちゃんと手に職ばつけるとやったら学校に行ってよかって。オジジに許しばもらえてね、わが。漫画ばよむな、金の貸し借りはするな、買い食いするなって、やかまし言われたよ、専門学校に行くまえにさぃ。そして北松中央病院に。うん、病院でご飯ば作りよったよ、敬子婆の、もうお店ばしよるころやったかね？うんにゃ、まあだ、宏くんの生きとるころやけん、お店はせんと。そこで、佐世保におって働いて、大阪の病院に栄養士で働き口のあるけん行かんねって、誘ってくれたひとのおって。うん、あっというまやった、だれか、キヨカワさんやったか、多津子ちゃんの大阪に行くぞおちうて、そがん言うて、そんあとに、わがから聞いて。ひとりで自活したかったとよ、オジジの生きとるころには、あれこれ言われよったけん。ああ、もうオジジのおらんじゃったころやったかなあ？　そう。もう、うちは店ばやりよったね、そんなら。そう、宏くんの死んで、内山商店ば開いて、何年かしたころやったろが《だろう》、まあだ、いまの改装するまえの。はあ、そっから、こん歳まで働きづめやったよ、宏くんの死んで、稼ぎのあるわけじゃなか。いろいろやりよったね、敬子婆。うん、服の仕立てもしてみたし、日雇いで畚《ふご》も担いだばってん、女手じゃ辛かろちうて、左官のおいちゃんに、下から漆喰ば投げる手伝いもして……ばってん、それだけじゃ食べてゆかれんもんば、子供もおってさぃ。それけんお店ばやりだしてな、ずうっとたい。そう、ずうっと、旅行もせんで、島の外も出らんで、店のレジの前に座って、ずうっと。うちは、佐世保でも大阪でも忙しうしよったよ、同僚たちと酒盛りして、麻雀大会ばして、旅行も行って、ひとりやったけんやろね、気ままやったよ。うちはずうっと店番。うちは大阪から福岡にきて、うどん屋さんで働いて……うろうろしたばい、姉妹ばってん、えらい違いよ。そう、大違い……勲さんと知り合《お》うてな。うん、大阪で、とんだ酒飲みといっしょになってしもうたばい。宏くんも酒飲みやったばってんな。宏くんは、おとなしかったけんね。そうねえ、わいわい話すとは好きじゃったばってん、おとなし寝よったかなあ。それやったらいいとよ、イサは、飲んで暴れよったけんねえ、飲酒運転ばして車ぶつけて、飲み代はつけ払いするしで、とんだ虎になりよった……いまは静かでよかよ。勲さんがや？　あそこにおって、黙っとるけん、ずっとよかよ、カップ酒ばひとつ置くだけでよかもん。仏壇のことば言いよるとね、そうねえ、仏壇でおんなじとば飲むだけやったらお金もかからんじゃろねえ、ふふ。ふっふっふ、そうよ、ほとけさまがいちばんたいな、酒飲みは。《どうして、似たような夢を繰りかえし見るんやろうか？　そう、なにかの不安が投影されているっちゃろう……なにかに追われる、危ない場所に居る、そして浩といっしょ。これが必ず条件づいとるってことは。おれの、おれと浩との生活が、その生活の先に伸びている未来への不安が、夢に投影されてるんだとしたら、なにか、とても悪いことが、この先にあるんじゃないやろうかって……おれだけならまだしも、浩にとって、とても悪いことが、この先におれたちの暮らしを見舞うっちゃないやろうか……それは政治やろうか？　戦争？　災害？　病気？　そう、コロナがまさにそうやったな。この点が、夢にでてくるんだ、そうたい。わかったぞ、おれは。おれが、おれひとりが困った事態に陥る恐怖なら、まだいいんだ。おれひとりであれば回避することだってできなくはないだろうし、それに避けられなくても、あきらめもつく。でも、浩といっしょにおって、おれはだいじょうぶで、浩が最悪の事態に陥ったときに、避けられなかったときに、おれが感じるであろう悔恨。そう、怖いったい、引き受けるのが。あの夢のかずかずは、おなじみのパターンは、みんな、自分だけならば、どんなに気楽なことかっていう願望と、それができない抑圧のあらわれなんやろうな。その結果、おれにとって常に悪夢のかたちは、腕を組んだ兄のために、自分がにっちもさっちもいかない状態で逡巡する光景でえがかれる……》と稔は、奈美と知香とが面《おもて》に笑みをうかべつつ、期待をこめた目で後ろから眺めている、その三、四秒のうちに考えるのだった。

「いまやない？」と浩が言った。《なら、いっしょに駆けだそう！　跳ぼう！　こんなの、夢とはなんの関係もないっちゃけん》——兄の声はこう促している、ように稔には思われた。

「あ、雨」と知香が言った。

「でも小雨だね。台風も、すっかり遠くに行ったのかな」と裕二郎も言う。

「いや、台風はとっくに北上していったさ。でも海はあすの朝まで時化とるよ」「ええ、それじゃあ、あしたも船は欠航するのかな」「終日欠航って防災無線が言いよったけど、どうかな、午後から出るかもしれんな」「ほら、ミーくん、雨が降ってきたよ」と、コウボと奈美の話す声を聞くうち、稔は風がやみ、足許で聞こえる波の音も小さくなったような気がしていた。《そうたい、いかにも夢とおなじだ。で、浩の言うとおり夢じゃない……それは、どういうことやろうか?》と、またも彼は考えるが、頭にうかぶ対蹠《たいしょ》的な想念にまとまりをつける間もなく組んでいる腕に力をこめた。浩は、それが合図だとわかっていた。酔っぱらいはな、ほんとに、わけのわからんごとなるけんねえ。そうよ、自分で、なんば言いよるのかわからんごとなるけん……ばってん、敬子婆も難儀するたい。難儀、なんが難儀?　病院に、福岡まで来ないかんもんね。多津子も、入院しよったね。うん、もう六年なるかね、うちは、敬子婆のごと通院するようなとは罹らんやったばってん、何回か入院したね、黄疸でいっぺん、胸で二度。どっちがよかつじゃろかね。病気はせんがいちばんよ、散歩して……。散歩な、うちはもうさるかれん《あるけない》と。なのに加代子からあるかされよるろが?　そう、店の前の道でよかけん散歩せれちうて、ふふ。そうね……いつまで外に出られるやろうかね、うちは……。そうなあ。……。なかなか、そがん、いつまでも。うん……ああ、まあた寝かけよったよ、敬子婆、うちは。うとうとねえ、わがの寝方は。敬子婆もあんまし、ぐっすりと寝られんどが。そう、うとうとばっかしよ。うん……どうして橋の夢ばっかし見るとじゃろね？

水溜まりの浅いというか、ただコンクリートを黒く濡らしているだけに見えるところを浩にあるかせるようにして、稔は先ほどと同様、自身のサンダル履きの足を水に浸して一歩踏みだした……そう、どうしてやろうか、不思議かね。それも、いっつもおんなじ、橋の上で這っておってな、目の前のほげとる穴の恐ろしうして、渡りきらん夢。そうや、うちは渡りきる夢ばってんな。敬子婆は渡りきるって？　そう、夢んなかやけん、足の、ちゃんと上がるとさぃ。「お、ようやく」「転びなんなよ」――自分の腕が相手の腕に引かれているのか、あるいはその逆なのか、ほとんどおなじ歩度で、しかし、やはりわずかにことなった身体の動きを反映した腕が引き合うのを感じながら、よし行こか、と稔が掛け声を発して駆けだしたのと同時に、浩も勢いよく走りだした……うちは渡られんでおるよ、目のさめるまで、ずっと。跳んでみらんと？　うんにゃ、足のすくんでな、跳ばれんまま。そう、うちは、多津子ば背負って跳びよったねえ。ええ、いつ？　夢んなかでさぃ。なんね、ほんとにあった話じゃないとね。さあ、あったかもしれん、うんにゃ、あったよ。ええ、いつ？　戦争、戦争のころにさ、グラマンの、ばりばりいうて飛んできてね、納屋ん横の畑におったと。「ヒロくんのさ！」「走る姿？」「うん、なんか、おもしろい」――ちょうど切れ目がある、いちばん水溜まりの深いところに、稔は足を踏み入れた。浩は、右手に持った杖を高く掲げでもするように腕を振りあげ、彼なりに計っていたらしい目測に合わせて息を吐いたところだった……飛行機に撃たれるけん、家に逃げ帰りよったと？　そう、多津子ば負ぶって、わがの、まあだ、小さかっとけんかれ。あん橋まで、一散に駆けていったてや？　そう、怖じる暇もなかつさ、それけん跳んだと。どこに？　橋の下に、海に。ええ、飛びこんだと？　そう、後ろで、大人のひとの、だれやら大声で言うたと、跳ぼや、ちうて。「撮った？　撮れた？」「ヒロくん！　ミーくん！」――そうな、そがんことのあったとね。と、過去が、そっと胸から溜息になって辷《すべ》りでて……「おかえり。びしょびしょじゃんね！　雨が降ってきた？」「ねえ、お母さん、衝撃映像！」「よかたい。どうせ風呂さな入るもんば」と、妹を負ぶったまま水の下から、かおを出すまぎわ、白い靄がかかった水面に向かって、昇っていくあぶくを見つめていた敬子のまわりにふたたび声が満ち、港たちが帰ってくる。

シャンシャンパナ案内

ちっとさ、ミーくん、そこに居《お》る？　と桐島多津子が言い、居るよ。と声が返ってくると、あれやったら、わが《あんた》、これからちった外ば散歩にさ、わたしば連れていってくれんね？　とことばをつづける彼女の夫の勲の、七回忌の法事を終えて墓のある長崎の島の寺から、あとは夕方まえの船で帰るのを待つばかりだ、というように多津子の姉である内山敬子の暮らす、食品や雑貨を扱う商店を兼ねた家で遅い昼食をとり終えて居間の畳でなにをするでもなく腰をおろしていた隣にあぐらをかいて携帯電話をいじっていた大村稔は、なん、食後の運動ばしたなったと？　とかおを上げて訊けば、一昨日も、そいで昨日もさ。と多津子は、足の痛《いと》してあるかれんやったとよ、わがの来たときもそうやったろが《だろう》？　そう言って、たしかに法事に出るため関東のマンションに同居する兄の浩と新幹線に乗り、夕方に晩の食事を一緒にとるため多津子の住む福岡市内の団地の一室を訪なったさい、彼と浩を車で送るついでに自分も多津子の作る食事にありつくべくやってきた母の美穂に向かい、股関節の調子が思わしくなく一日中横になっていて蒲団などもおっちんしてからでないとね、持ち上げられんとよ、足の曲げられんでさ。とかき口説いていて、はいはいわかったよ。と美穂の方は料理を手伝えと言われたのだと受け取ってかんたんに返事をしていたのを思いだした稔は、また、この老いた大叔母である多津子が団地の一室の床の上を、ほとんど摺り足でしかあるけていなかったのや、膝もろくに曲げられず、そのため来客のための椅子なども運べないとて、代わりに運んでやったことなども思いだして、こがん涼しなれば、いつもは公園ばね、これから、散歩するとばってんさ、このところずっと足の痛かけんあるかれんでおるけんね、まあだ帰るまで時間のあるやろけん散歩したいと思いよると。と重ねて言うのに、稔はしかしすぐには賛成できかねるような口調で、うん、でも、足の痛いとやったら、あんまり動かんがよかっちゃない？　関節の磨り減って痛いとやろけん、あるいたら炎症を起こして余計痛なるかもしれんぞ？　と言うのだったが、うんにゃ、今日はすこしな、調子のいいとよ、足のさ、それにね。と多津子は口元に笑みを浮かべながら、それに、昨日から便秘しとるとよ、もう、それで服ば着るとにお腹の引っ込まんでねえ、ガスの溜まっとるばいこりゃちうて、それけん、散歩して腹ばちったうごかさにゃって思いよるとよ。と言うものだから便秘も困りものではあるがなにより外をあるかない結果、足腰が弱った末の寝たきりになることを、大叔母がなによりも恐れているのと知っていたから、わかったよ、それじゃ上になんか着たら？　晴れとったけど風のあるけん寒なるかもしれんよ。と稔は言い、そしてほお笑みながら、家に帰ったら、今晩はいっぱい芋ば食べなたい、タッコ婆。と立ち上がると、ジャガね、運動して芋ば喰うて、いっぱい屁ばひるたい。と笑いながら言った多津子は目のわるいものだからそろそろと部屋の片隅に伸ばした手の先に探り当てた、円く畳まれてあった薄手のコートをつまみ上げて、こりゃ、ミーくん、うちの着てきたとやろか？

　ほんとにあるかれるか？　と念を押され、うん、腕ば組んで行こや。と敬子の家の前に立ち止まって上着のボタンを指で探して留めながら稔に応じた多津子は、片手を上げて西に傾きつつある太陽にかおを向けるのだったが、秋の中旬の島の空は雲こそ多いがよく晴れているおかげで風は強かったものの、さまで寒くもなくといった過ごしよい気候で、彼女の歩みの遅いことを考えれば、きっと何遍も立ち止まり、また散歩をする道すがら日陰に入りもするだろうから、やはり上に一枚羽織ってきていて正解だったと敬子の家を出てすぐ前の波止場に沿ってぐるりと湾を囲む細い道を、多津子の右腕に自身の左腕を絡ませてよちよち、といった歩度であるきだした稔は考えながら、それじゃタッコ婆、どこさな《に》行こうか？　とすぐ傍らにかおを向けて訊くと、納屋ん方ば行こうや、わがの小説の、と笑みで盛り上がった頬の上をてかてかとさせた多津子が言い、それから、吉川の納屋んに《の方》きまで行って、そいで、シャンシャンパナまで行ってみよや。と言い添えたのを聞いて、行ききるか？　と思わず稔は訊くのだったが、納屋までは村の外れのフェリーが泊まる船着き場より少し先という具合でさして遠くない距離であったから、あるけないことはないもののその先、シャンシャンパナは納屋のある場所からさらにずっとあるいていかねばならずしかし、そう、そのまえにシャンシャンパナという妙な響きの名前を持っているのは磯のことであり多津子もそうだったが島の出身者ならば名前を聞けば、ああ、あそこかとわかりはするしまた稔も幼い頃から親と一緒に帰省するたびに泳ぎに行っていたから知っているものの、とはいえどういう意味の名前なのか、漠然とではあるが彼が理解していることには「パナ」というのはおそらく地理上の徒歩で行けることが可能な先端部・末端部や、行き止まりのように海に出っ張った崖などの陸地全体をさすことばだから「端」であろうし、じっさい長崎県内にはほかにもこうした崖や坂が多いといった理由のためか拓かれず、ただ村はずれの磯として残されているような場所に、しばしば「鼻」の一字が添えられてあるのを地図で見ることができるから、きっと「パナ」についての解釈は合っており、ただしひとによってこのシャンシャンパナをシャンシャン「バナ」と呼ぶ者もあるが、これはこのばあい「パナ」でも「バナ」でも端（鼻）を意味している点ではそう大きなちがいはないが、しかし問題はシャンシャンの方であって、こちらについては稔もまだどういう意味なのかを、いまにいたるまで解明できずにいたものだから一度村の懇意にしている年寄りに訊いてみたことがあったけれど、そのひとも、さあ、波のシャンシャンいうやろけんじゃろよ。と答えになっているようなそうでないような返答だったが、しかし、シャンシャンというのを波が寄せる音だと解するべきなのだろうと目下のところ考えていて、そう、そのシャンシャンパナまではここから少々遠いものだったから、その足でという意味を込めて訊ねたのに、ゆっくりね、そうすりゃ行かれるたい。と平気な口調で多津子が言ったため稔も腹をきめて船着き場の方に向かって足を進めながら、それじゃ、行くかね。

そがんに寒なかね。うん、ちった暑かごとあるね。そう、ばってん海さな行けばね。うん、風あるもん。そう道々話しながら、まだ湾の隅の漁協にも辿り着かず、けれど盆正月とちがって島の外に出ていった者たちの帰ってくる時期でもなかったから、車もバイクも一台さえも通らない車道の真ん中を稔と多津子は、ゆっくりと、時間をかけて、ときおり、ほっ。という掛け声のように息を吐いたり、ああ、こりゃやっぱり、まちった、稔、もうちょっとゆっくりあるこうや。と言ったりする大叔母の声を聞きながら、稔は、足のあれやったら戻る？　と訊くのだったが、うんにゃ、ああ、ちょっと、一遍立ち止まろや。そう言って多津子がズボンの上から自らの太腿と腰をさすり、整形外科に行かなやろかね。とつぶやいたから、うん、行かなたい。と稔が言えば、そうね、平岡内科……あそこ、福銀の横に、平岡内科のあるやろ？　と多津子が話しだしたのに、彼は、福銀の傍の内科って、近所にあると？　と答えながら、あまり道の真ん中をあるくのも、細い道の多い島の村ではあり、そこまで速度を出す者もいないとは思いつつ、曲がり角などから急に自動車が飛び出てこないともかぎらないから、片隅の白線の方に多津子をそれとなく誘導するようにしてなだらかな坂道を登っていくと、フェリーの停泊する船着き場の切符売り場とその前の広々とした駐車場が見えてきて、彼はズボンのポケットに入れてあった財布を指で確かめるように触り、それというのも売り場の建物の裏手に自販機があったはずだから、そこで冷たいジュースでも買って飲もうと思って、べつに普段から甘い飲み物を好んでいるわけではなかったが、どうしたものか、なぜだか今日は喉が渇くように思われて、よく冷えたスポーツドリンクでも飲みながら散歩するのもいいだろうとわざわざ財布を持ってきていたのだが、しだいに近づいてくる船着き場を見回しても、また切符売り場の外側の壁に目を凝らしても自販機はどこにもなく、それならば建物の中だろうかと思って昼過ぎの薄暗い待合室を見てもなくどうしようもない、ジュースはあきらめるほかないと思っているあいだも、あそこの隣が整形外科たいな、遠藤整形外科ちうてさ、そこに、一遍行かなやろうね、平岡内科にはときどき行きよってさ、今年コロナのワクチンば打ってもろたのもそこやったよ。と多津子は話をつづけていて、整形外科の方は行ったことがないと？と稔は訊きながらもすでに通り過ぎた切符売り場の反対側の壁に自販機がありはしないかと、未練がましく振り返るのに多津子は気にも留めず、また見えてもいない様子で、それが一遍な、行ったとよ、イサ《勲》とふたりで、そんときにも足のどうにもおかしなっとったけんね、それでイサと入り口まで行ったとばってんさ、ものすごい混むとね、遠藤整形外科は、それけん、もう入らんで帰ってきたことのあったよ。

混むってね、その病院は。そう、いつも混みよるらしい。と話すふたりの足取りはいかにもよいよい、といったゆっくりしたもので、けれどもそう広い島ではないから船着き場を通り過ぎていった稔と多津子はじきに島の山の崖下の道に辿り着いていて、崖とはいっても斜面をずっと浅黒い色のコンクリートで塗り固めてあるためにそうなっているだけで、かつてはもっとなだらかな草の生えた丘で、母や伯父はそこで正月に凧揚げをしたものだったと聞いたことのあった場所から先をずっとまっすぐ、あるいていけば吉川の納屋、多津子と敬子の生まれた家の所有している、漁師だったふたりの兄の智郎《ともろう》の死んだいまはもう使われていない納屋が建っていて、それも智郎が生きていた時分、稔が幼かった頃には漁のための網が広い納屋の中に小山をなして積まれている物置でしかなかったのだが、ということをどうして稔が知っているのか、それは稔が子供だった頃から帰省するたび、いわば島においての引き連れ役となっていた幼馴染の卓也という子供がすぐ近所にいて、彼に泳ぎから魚釣りから虫取りから、さらには卓也の同級生の家からと、遊ぶ方法と場所とを――さらには、意地のわるかけん、あいつらには近寄るな。と怖い上級生が溜まっている路地を避けて別の道に出る方法なども――教えてくれたもので、もう使われていない、しかし子供などが勝手に入ってはいけないと大人から言われていた納屋に忍びこむという遊びも、こうした島での「わるさ」の先達から教わり、いつだったたか、幼馴染から受けた薫陶を実践に移すべく、ある夏の日に、そう、ともに帰省していた兄と妹が夏休みの宿題を懸命に解いていた真昼どきに家族のだれにも言わずこっそりと家を出た稔はひとりで苦労しながら閉まっていたシャッターを持ち上げて納屋の中に入ると、そこで……いや、まだ辿り着いてもいない納屋のことを書いても仕方がないが、そういえば昔から納屋だったわけではなく、かつては島が外に売る炒子《いりこ》の製造場だったといい、水揚げされた大量のイワシを海水で茹でるための大きな釜、干すための台とそれを敷き並べ積み上げる棚、釜のための石炭と人手のかかるずいぶん大規模なものであったらしく、最盛期には家族に親族に網の共同経営体である「講」に加わる者と、さらにその家族たち、それと島内島外から呼び集めた雇いの者が総出で日の昇らない時刻から納屋に集まり、漁を終えた船が日の出を背負うようにして大漁旗を掲げながら沖から戻ってくるかどうか見守っていて、そしてその光景をうち守るのは納屋の上空ではトンビにカモメにカラスといった連中も同様で、どうにかして網からこぼれ、棚に並べられたイワシや混獲された雑魚を頂戴できないかとばかり、彼らはしきりと鳴きかわしながらぐるぐると空を旋回しており、やがて朝日を浴びた船が、これもおこぼれにあずかれないものかと飛び回りながらその細い首や大きくしなやかな羽を広げた、すらりとした体軀と似つかわしくない思いのほか野太い耳障りな鳴き声をあげて入港の先触れ役をになう海鳥たちに囲まれて岸に着くとそれを合図にして、トンビのなかでも気の早い何羽かが地面や低い木々の枝まで降りてくるから、そのたびに商品を食い荒らされては業腹だと駆け出した若い男たちが手にした一斗缶やおんぼろ鍋を棒で打ち鳴らして追い散らすのだったが、そう、いまでは納屋の前は広い道と高い防波堤がシャンシャンパナまでつづいているものの、イワシを水揚げするために昔は船が接岸できるようになっていたと、稔は敬子から聞いたことがあり、また確かに彼も中学に入るまえ、子供の頃の納屋の前の道はもっと狭く舗装もされていない、ただ平たい石の敷き詰められた、防波堤だって砂利まじりの古びた低い、そしてところどころに海との出入り口みたいな途切れた場所があったはずで、そもそも海はもっと納屋に近く、それが中学の一年か二年か、島に来てみるといつの間にかシャンシャンパナまでの道がきれいになっていたものだから驚いた、その、納屋の傍を通りながら多津子が、もう吉川の納屋やろか。と訊き、彼は、もうすぐ。と答えると、納屋の手前やったら川、川のさ、流れとる？　とまた言うから、川？　と稔が訊き返すと、そう、吉川の納屋の横に、ヤンサカの納屋のあって、そこ、うちとヤンサカのあいだにな、川のあったとよ。と言い、それから、オオクボ、クボタ、スミヨシ、ヤンサカ、そいでうちの納屋がずらって建っとったけんね。と、そう多津子は言い並べていき、そんな光景はすでになく、ただ崖下の草むらには、稔の見えている景色には吉川の納屋だけが取り残されていて、また川らしいものも見当たらず、いや、崖のコンクリートのある箇所に穴が穿たれて、そこから水が流れているらしい黒ずんだ跡があるが、とても川には見えはしないと思いながらふと足許に目をやれば大きな排水用の鉄の格子の上をあるいており、これがそうかと網目の中を覗き込むように屈むと光が見えて、それが海に繋がっているのがわかったから、うん、いまちょうど川の上におるごたるぞ、タッコ婆。と稔は言い、へ？　ここがや？　うん、川があったとやろうけど暗渠になっとるよ。そうや。という会話のあとで多津子は、橋のあったろ、昔はさ？　と言い、いや、おれが子供のときにはもう川がなかったけん、橋のかかってたことも知らんやったよ。と答えると、昔な、ここの川の上に竹と木で組んだ橋のあってな、そこば渡って吉川の納屋に行きよったよ、そしたら、よう橋の脇やら下やらにヒラクチの寝とってさ、それがもう、うちはおそろしうてたまらんじゃったよ。と言うから、ヒラクチ？　と稔が訊けば多津子はその名を呼ぶだに厭わしくてならないといった様子で、蛇よ蛇、マムシたい。

　いまはヒラクチのどこにも見当たらんけんだいじょうぶよ。と笑って言う稔にまだ自分がいかにおそろしく思っているのかをどうでもわからせなければすまないといったように、抜け殻ば見るだけでもどんなにやったか！　敬子婆もそうじゃったばってん、うちは輪をかけて蛇ぎらいやったけん、ひとから蛇の居ったぞちうて、そがん、教えてくれんでもよかとに言う者のあってねえ、それば聞いたら橋には行かれんやったよ。と話す多津子にとってのいわば難所だったマムシがいたという大叔母の記憶のうちに流れる川の上を通り過ぎ、また吉川の納屋の前も通り過ぎてしまうついでに先ほどのつづきを書けば忍びこんだ先に広がっていたのは、彼の背丈ほどまで積まれた一面の網といった光景で、ごわごわ、ざらざらとした材質の黒い太糸の漁網が広い納屋いっぱいに敷き詰められ、その積み方によって生じた嵩の高低は時化《しけ》の海の波のようにも砂漠のようにも見え、防波堤側に面した板壁にはめこまれた埃をかぶった大きな窓がずらりと並ぶほうからは真っ白な光が室内の半分ほどを照らしその光の幾筋もの条の中を、羽虫のような微小な埃が漂うのが見えるといった具合で、またところどころに落ち葉や枯れ枝が落ちてもいて高い天井の上に載るトタンの屋根や壁や四隅といったあちらこちらには、長年の雨と潮風がもたらした錆と風化によるものらしい小さな穴がいくつもあいており、なかでも割合と大きく穴の穿たれている箇所などから空の深い青色が覗かれもして、そう、なによりも肝要なことは、この景色を見ているのがそしてここにいるのが自分ひとりきり――兄も妹も母も父も、また卓也も傍に連れず、心配性の祖母の佐恵子にはもちろんのこと一言も告げず、そう、告げなかったという事実によって生まれた秘密を内に抱えこんだことで一途に自らの企みに駆けださせる、ぞくぞくするような心もとない気持ちにあるのを確かにあの当時の稔は感得したにちがいなく、さっそく安定しない網に足を乗せ、踏み越えたりバランスを崩して倒れこんだりしながら、窓のほう目がけてあるきだすと、やがて幾分か座りよい、窓際に積まれた平たく窪んだ網の小山の上に腰をおろし彼はポケットから祖母の家にあった折り畳みのナイフを取りだして網を切ろうとするのだったが、手入れのしていない錆だらけのナイフであったためか、あるいは要領のなさと力が足りないためか、おそらくはナイロン製だろう丈夫な網の上を刃はいたずらに滑るだけで、とても切れるものではなく、これは諦めなければならないとナイフを仕舞った代わりに口に咥えた人差し指を埃だらけの窓に当て、へのへのもへじを描き、それから網に寝っ転がるといかにも日差しこそ暑いほどだったが柔らかな白い光線は眠気を誘い、また眩しいこともあって目をつぶった稔はいつしか寝入ってしまい……そう、だからもし窓に近寄ってみれば、二十年以上もまえに自分が描いた文字でできたかおがあるいはまだ残っているのかもしれなかったが、残念なことに納屋の周りは草だらけで、蛇ぎらいの多津子と一緒に草むらに分け入っていくなんて思いもよらず、マムシの話を聞いてしまった以上は道に大叔母を置いてひとりで行くのも怖いものだったから、とうとう納屋には近寄らず、ただ、ああ、まだ納屋のあるばい。と彼は通り過ぎざまに言い、そうね、まだ建ってあんたば待っとったね。と多津子も言うと、つづけて彼女は、もうエグチンマエやろか。と言い、そう、エグチンマエよ。と稔も言うところのエグチンマエとは、名のとおり江口という家の前に防波堤の出入り口があって、海に降りていくことのできる階段が波止場の外側に設けられている場所で、ここでも稔は幼い頃からよく泳ぎもすれば釣りもして、潮の引いた昼過ぎなどに潜れば、うまくいけばサザエを捕ることができ、もちろん漁業権など知るよしもなかったから家に持ち帰って家族に自慢できるのが楽しみで、そう、なにしろ子供だったのもあり食べるよりも捕るほうが楽しくてならず、また釣りにしても島でいうところのアラカブ（カサゴ）にヒーロッポ（小ぶりのカワハギ）、それからイシダイなどの獲物は大方家族、それもビールを飲む父の腹に収まるのが常で、そのささやかなご馳走を息子たちが持ってくるのであればと父は島のだれからだったか、一本二百円だかで買ってきた細い竹で竿を作ってくれ、その先端に釣り針を付けた糸を括りつけただけのかんたんなものではあったが、餌が疑似餌やゴカイといったものでなく祖母の家の冷凍庫の奥にしまわれていて幾分か日の経った生のイカであったおかげか、おれも浩も、まあだ、あん頃は浩も目の見えとったけん釣りもできとってさ、これがよく釣れたとぞ、タッコ婆よ。

あんた、ここでよう泳ぎよったたい。とエグチンマエを通りながら多津子が言い、泳ぎよったし、釣りもしよったよ。と稔が言うと、浩と奈美と知香《ちか》と一緒に。うん、それにお母さんもときどき一緒に泳ぎよったよ。それから山浦の家の子の卓也とや？　そう大叔母は言うから、うん、卓也とはしょっちゅう一緒に泳ぎよった。と彼の方も言ってから、エグチンマエ以外にも島だとトダというところでも泳ぎ、ほかにオオネザカやクバラなど、泳ぐ場所はいろいろあるけれどしかし、シャンシャンパナが特別なのは、なにしろ色々と不思議な光景を見てきたからにほかならず、これもいつの夏の日だったか、泳ぎに行ったさいに海のずっと遠くに白い柱が空まで細く伸びているのを見たことがあって、海上の竜巻であったのだろうがそれにしてもシャンシャンパナの方は風もさまで強く吹いておらず空だって晴れており、ただただ静かに満ちはじめた潮の波の音、それと蟬の鳴き声だけが、聞こえているなか岸に上がって眺めていると、ごく普通の景色の中にひとつだけありえない現象がこれも当然のようにあるのがなんとも言えず気味のわるいもので、それから別の夏に卓也とふたりしてシャンシャンパナに行ったとき、これはしかし泳ぎに行ったのではなく、ただシャンシャンパナは磯だったから面白いものが漂着していることがあって、例えば大きなウナギが流れ着いていたりしていて、いまのように携帯電話など持たない時分だったから写真を撮れなかったのは惜しいが、そうそう、これはまた別の夏のある日の話ではあるし、また漂着とはちがうのだけれど磯の岩や石、テトラポッドの隙間という隙間に白い半透明の房のようなものが幾つもくっついていて、それが磯溜まりに流れ入る海水の中で静かに揺れているから、そこらに流れついていたビニール袋に海水と一緒に一房持ち帰ったことがあり、祖母の家で母に訊いてみればイカの卵だと言い、ならば孵化する瞬間を見られるかもしれず、出してもらった盥《たらい》に移し替えて土間の台所の流しの上に置いておこうという話になったのが、子供だったからどうしても我慢できなくなり、夜にひとり降りていった土間の流し台で、彼は細長い卵のひとつを手に取ると、下からしごくように指で押してみれば、先端から何匹もの小さなイカが飛び出てくるのに驚き、さてそこでイカの赤ちゃんをつまんで潰してしまうとか流しの排水口に盥を傾けてみな捨てるとかしていれば、いかにも幼時にありがちな咄嗟にしてしまった残酷な行いと、のちに生じる悔恨に感傷の香料をまぶして語るにおあつらえ向きといった話にもなるところ、なんのことはない、押したらイカが生まれたと稔は母に言って一緒に夜の波止場で盥から海に帰してやっただけで、と、ついでにもうひとつイカについて敬子から聞いた話を書けば、たいそう昔のこと、大潮の頃の朝早くの海が引いた時間などに大きなイカ（なんという名のイカであったのかは聞きそびれたが、身のもそもそとして刺身には不向きで大根と一緒に炊いていたというから、潮の満ちた晩に産卵を終えて、沖へと帰る力もなくなったコブシメかモンゴウイカだろうと思われる）がたくさんシャンシャンパナの磯に打ち揚がり、日の昇ったか昇らないかの時間にもかかわらず村の者たち総出でバケツを持って拾いに行き、ほかならぬ敬子もまだ幼い多津子の手を取って、彼女たちの祖父である文五郎に連れられて拾いに行ったという、その、そんなことのあったシャンシャンパナに卓也とふたりで行ったさいに、おれは磯の端の砂浜でウミガメば見つけたことのあったな、でも、すでに死んどったとばってんさ。

風のあるけん、やっぱりちった寒かね。うん、ここいらは陰になっとるけんね。と多津子のことばに応じながら稔が思いだしていたあのウミガメはなんという種類だったのか、アカウミガメなのかそれともアオウミガメなのか、幼い時分の稔と卓也にはもとよりわからずただ甲羅も鰭状の四肢もそれから半ば閉じられた目も大きかったことはよく憶えていて、その目玉の上から嘴《くちばし》のような口までをせわしなくハエがうろついていて辺りには、なんともいえない生臭さが漂っていたのだったけど、なにしろ図鑑や水族館のコマーシャルなどでしか見たことのない生き物が目の前に横たわっているのだからどうにも立ち去りがたく、それにしてもどうしてこのウミガメがシャンシャンパナなどに上陸しようと考えたのか、確かにごくごく小さな砂浜があって、それは磯の端、行く手を阻む崖のようになった突端を形作る山の上から海まで小さな川が流れているために砂が溜まったものなのだったが、まさか産卵するために上がってきたはいいがカラスやトンビに襲われて果たせないまま息絶えたのか、それとも大きな体軀だったことを考えれば高齢のもはや寿命の尽きるを待つばかりだったのが海中で溺れ死ぬのを避けるべくどうにか見つけた陸地がシャンシャンパナであったのかそれとて稔と卓也の知る由もなく、ただ、そう、あの臭い、身じろぎもせず砂浜に突っ伏した姿、かおを這いずり回るハエといったこれらがシャンシャンパナという場所に単なる村はずれの磯というに留まらず死の印象を与えていて、後年に稔は敬子から島で伝染病による死者が出ると感染の広がりを抑えるために、遠い磯で火葬にしていたと聞いたことがあって敬子が子供ながらに憶えている死者と薪を載せた船が湾内を横切って磯に向かう寂しい姿や風に乗って嗅がれる煙の臭いといった情景を、まるで自らも見ているかのように思ったものだったがではその磯はどこにあるのかという肝心の部分を聞くのを忘れてしまっていて、しかし謎が解けたように思ったのは、シャンシャンパナの端っこの川の流れるところ、ウミガメが終焉の地と選んだその川の片側には石垣が組まれていて、磯よりも二メートルばかり高い段になっており、いまは耕作放棄地になっているものの段上の土地は均されたうえで田んぼが一枚あったのだが田の隅、ほとんど川に落ちそうなほど隅っこに周囲の風景と調和しがたい赤煉瓦の四角い煙突が生い茂る木々の枝葉のあいだから首を出していて、これももちろん稔は幼い頃から知っている遺物ではあったものの用途にまでは思い至らず、炭焼きを生業とする者がいたのだろうかなどと漠然と考えるだけでしかし敬子の話を聞いて、伝染病によって命を落とした者専用の火葬場の煙突にちがいあるまいと合点がいったのは最近のことであり、いよいよシャンシャンパナという場所は彼にとって死、終焉、ここより先には行けない場所、およそこういったイメージが付与されるのも仕方がなく、またこの自らなしたところの刻印から、なんらか創造を出発させることはできないだろうか、そういささか鯱《しゃちほこ》張って考えるもののなかなかきずにいて、ところでふたりはエグチンマエも通り過ぎ、海風にすさまじいばかりにサアサアと葉擦れの音を立てて揺れる暖竹と笹だらけの脇をあるきながら相変わらず歩みは遅く、もうトリジェ辺りやろね、ここいらは。と多津子が右手の方から聞こえる波の音に耳をすますようにして言ったのに、え、どこ辺りって？

トリジェたい、あんた知らん？　うん、聞いたことなかったよ、ジェ？　それともゼ？　どっちでもたい、トリジェちうて、この辺のことをそがんに言いよったよ。と稔にとって初めて聞く地名を教える多津子は立ち止まると、かおを上げて藪に覆われた山沿いに目を向けながらどうしてトリジェって言いよったとじゃろね。と不意に言うものだから、それを知りたいのはこちらの方だと稔は笑いだし、そうだ、この小休止のあいだにと思って羽織っていたジャンパーのポケットから煙草とライターを取りだして火を点けて吐きだした煙が強い風で前や後ろに吹きまくられて掻き消えるそのわずかな残り香を鼻先に嗅いだことで同伴者が一服をしていると気づいた多津子は、あるき煙草か？　と言い、立ち止まり煙草たい。と彼の方は応じて言い訳というのでもないが、携帯灰皿ば持ってきとるけん。と付け加えて、それにしてもトリジェというのが彼にとって面白く思われたのは、エグチンマエからわずかに五分ほどの距離で地名が変わるというか別の呼び名があることで、だって彼にしてみればここはシャンシャンパナに向かうまでの一本道でしかなく、分けて呼ぶ空間的な隔たりなど見当たりもしない、そう考えるものの、しかし島民にとってはそうでなかったからこそトリジェ（ゼ）と地名が当てられたわけで、はたと思い至ったことに、トリジェというのは漁師にとって海から見た地形をそう呼ぶのではないか、どの辺りまで船を出して網を張るか、あるいはどの辺りまで船が帰ってきたかと沖合から島の青々とした陰翳を遠くに望んださい、指標となる地理上の特徴をさまざまに見出し、つまりは生業のもと必要であったから名づけたのが、こうしたおそらくは地図にさえ載らない地名であり、さてそうなるとトリジェとはどう漢字を当てるのかという疑問が頭にのぼり、どう書くっちゃろうね、トリジェってさ。とさっそく多津子に訊くのだったが、トリは鳥やろね……ジェ、はセやろうけん瀬戸の瀬やろうね。と彼女は自信のないような声で答えて、しかしきっと鳥瀬でまちがっていない、というよりも他に字が浮かびもしないから、磯の岩礁を根城とする真っ白な海鳥の群れが沖からだと眺められるものだから、いつしか漁師のあいだで鳥の集う瀬＝トリジェと言うようになったのだろう、こう合点がいったのに満足した稔は、まあだここから先も行かれるとやろ？　と言う多津子に、うん、きれいに道の舗装されとるもん、昔と違《ちご》うてさ。と言って再びあるきだそうとしたとき、この辺にな、もう一軒納屋のあったと、吉川の納屋がさ。と言う大叔母のことばによってまた立ち止まって、え、この辺？　うん、もういまは藪になっとるやろばってん、そこらの。と多津子が手を上げ指さす方向はすっかり暖竹に埋もれ、あっち？　ほら、そっちさ、見えん？　どっちよ。そっちたい、見えんね？　見えるは見えよるとばってん、藪んなっとるよ。そうじゃろね、あっちん納屋で炒子ば作ってさ、それで干す場所の足らんごと捕れたときには、こっちの納屋まで干し台ば運んできよったとさ、子供たちでね、いまで言うアルバイトたい、その子供たちふたりで、こう、前と後ろで干し台ば担いでさ、オジジやらが、ほれ、やりやり持《どんどん》って行けちうて、そんときに大人の見とらんけんな、炒子ば茹でるやろ？　そのなかにイカの小さかとの混ざっとるとよ、それば、こっそりね、食べたらそれがまあ美味しかった、なんとも言えん塩味でさ、子供ん頃はいっつもひだりよったけんやろね。という多津子の話を聞きながら稔は目を凝らしてもう一軒の納屋の痕跡でもないだろうかと探すが、どこか島内の工事で使うか、それか使わなかったかで放りだされたように小山をなす土砂の向こうに辛うじて見えている崖を掘り崩した窪みのような場所などがもしやと目をやるものの、納屋らしい建物の残骸さえなく、しかし多津子はどこか懐かしそうな口調で、吉川の納屋やったけん戸の上にな、山に漢字の四って書いとった。と言うから、ヨン？　ヨンって数字の四？　と稔が訊き返せば、吉川の屋号ちうか、あるやろが？　とつづけて言ったのは多津子の生まれた吉川家の所有する什器や漆塗りの御膳から漁具から俎板からプラスチックの盥に至る、ありとあらゆる持ち物を裏返してみれば、そこには山冠に片仮名のヨというマークが書かれていて、それは行事や祭りや寄り合いなどで近所の者たちと料理を作ったり配ったりする集まりが多く、また漁具であれば共同で網をする（漁をする）さいには持ち物なども貸しあう、借りあう機会もしばしばだったから、だれかの家の棚に誤って仕舞われないため記入された島内限定の本人証明のことで、稔は母から祖母からうちの家は山冠にヨシカワの一文字目をとってヨと書いたのが屋号だと聞かされていて、だから山の下に漢字の四となると初耳であり、なんで四やろ？　という当然の疑問を洩らすと、こんな当たり前のことぐらいどうしてわからないのかという風に多津子は、ヒーフーミーヨの四《ヨ》じゃろ。

　ああ、やけん四ってね。そうたい、だれが書いたのやら知らんばってんさ。と話してそれにしてもせっかくあるいてきたのに、こうして話の道行きはまたも吉川の納屋に戻ってきてしまったから、そう、こっそりと納屋に忍びこんで寝入った稔がそのあとにどうなったのかという顛末を書くことにするとして、彼は屋根を打つ雨のバラバラという大きな音で目をさまし、ここがどこなのかと思案する間もなく、しぶきのように叩きつける雨水が流れる窓のガラスが全面これ真っ白になったかと思うと、一秒して雷の落ちる大きな音が聞こえ、いや聞こえたなどというものでなく鼓膜の震えるというのはあるいはショック性の脱力をもたらすほどの轟音とはこういうものであろうかという、ほとんど形容を絶する音が真上から降ってきたものだから、まったく、そう少しも身動きをすることができなくなってしまい、というのも雨に降られるなか真っ暗になった外に駆け出すことなど思いもよらず、かといって身を隠そうにも周囲にある網は一枚が海底まで張り下ろすことのできる大きさであったために、蒲団のように持ち上げたりめくって潜りこんだりできる代物でなかったから、ただ全身を震わせながら窓の方から目をそらして網の窪んだところに手も足も円くして身を縮めているほかなく、一体だれに救いを求め、またこんな目に遭ったから にはきっと謝らなければならない相手がいるはずだが、さてそれはどこに居るのか、差しあたって思いつくのは死んだ祖父だったから爺ちゃんごめんなさい、どうにか早く雷を止ませてくださいとこればかりを幼い彼は考えながら相変わらず、ピカピカと光る窓を見たくない、なぜといってそのあとには魂の掻き消えるような轟音が納屋いっぱいに鳴り響くのだからとわかっているのに、それでも心のどこかにはまったく自らの手には負えない脅威に対しておさえがたい興味があるのも事実で、滝のように流れる水越しに防波堤の向こうの暗い空に目を凝らせば何かたくさんのものが舞っているのが見え、それが空一面ピカッという真っ白な光に包まれるたびにひとつ、ふたつと地面めがけて落ちていく光景から恐怖などおぼえるどころではなく目が離せなくなり、また次第に雷も遠ざかっていくようでどのくらいの時間だったのか、とにかく雷雨は去って分厚い雲から差す日光で雨上がりの大地が急に湿気で蒸された道を、だれかがあるいてくる足音が納屋の外から聞こえたかと思うと、稔、ここに居るとか？　と自分を呼ぶ父の声が入り口のシャッターの向こうから聞こえたから、居るよ！　と返事をすると、早《は》よお昼ご飯ば食べに戻ってこいちお母さんの言いよったぞ。と納屋から出てきた息子に向かって言う父は、急におまえ、居らんごとなっとってから、泳ぎに行くてしよったとか？　と訊くと来た道を戻っていくのだったが、どうして稔が納屋に居ると見当をつけたのか、そもそもどうして探しに来ようと思ったのか、これはいまだにわからず、それよりも現在も稔の心を占める光景は納屋を出てすぐのぬかるんだ道の脇に広がる原っぱ、さっきにも多津子と通り過ぎた原っぱの上に逆さになったトンビの死骸が点々と落ちているというもので、反り返る尾羽や羽にはあきらかに雷を受けたらしい焦げた跡があり、どうやら先ほどの雷雨は森や林の中に逃げる間もないほど急に来たものだったようで、群れのなかでも特に高く飛んでいたトンビが大急ぎで滑空するのをつぎつぎと見舞った雷が打ち落とす瞬間ば、おれは確かに見たことのあったっちゃん。

だいぶ海は満《み》ってきとるやろね、この時間やったら。と多津子が言ったとき、ちょうど一本道がすこしばかり左の方に曲がるのに沿ってそれまで右手にあって海を見下ろすのを遮っていた防波堤が低くなり、おかげで岸壁に打ち寄せ磯の岩や石を洗う波を覗きこむことができるようになったから、うん、だいぶ満っとるよ。と稔は答えつつ、子供の頃に島で毎年のように泳いでいた身からすれば、午前いっぱいかけて引く潮が午後を境にして夜までだんだんと満ちてくるというのを知っていて、だから本当は次から次に打ち寄せる波が磯の岩を覆い隠しながら潮位を上げつづける時刻なことぐらい見ないでもわかるのだったが、それでも一応身体を腰ほどの高さにある防波堤の向こうに心持ち傾けて真下の波に視線を落とすと、そうやろね、この時間がね。と多津子がまた言い、うん、どんどん満ってきとるよ。と彼も言い、大潮の次の日やらは、まあだ朝は海の高《たこ》なっとるやろ、あがんときはシオノタカミチって言いよったよ。と多津子がふと思いだすように言ったから、へえ、シオノタカミチ。と稔が繰りかえすと、うん、そがん言いよって、アワビやら捕る者な、海の深なるけん漁に出られんごたったよ……ミーくん、まだ道はつづいとる？　そしてこう言ったのに稔は、うん、もうちょっと先まで行かれるよ。と返事をして腕を組んだ相手を促すのだったが、そう、多津子の行きたいと言ったシャンシャンパナはもうほとんど目と鼻の先にあって、舗装された道はずっとあの赤煉瓦の煙突の傍までつづいてはいるもののしかし、磯にはきっと降りて行かれないだろうというのは、曲がり角のところから低くなった防波堤は相変わらず端まで造られてあり、それがシャンシャンパナに降りていくための階段を塞ぐ形になっているからで、そして階段へは小さな金属の扉が出入り口として設けられてあったから開けて降りることもできはしたが、なにしろ岸壁にコンクリートで造られた階段でひとりが辛うじて降りていける狭さであるうえに手すりなどもなく、とても目と足のわるくなった多津子が無事にシャンシャンパナの岩場に辿り着けるとは思えず、それに辿り着いたからといってなにがあるわけでもない、こうして訪ねていったとしてもただ岩と石と漂着したごみと護岸工事をしたさいに設けられたコンクリの暗渠があるだけで、そう、そもそもシャンシャンパナは昔とはちがってしまっていてだから多津子にとっても、また稔にとっても降りていったからといって暇が潰せるわけでもなく、では変わる前の昔とはどんな風景だったのかといえばそもそも防波堤がなく道にしても砂利と小石の獣道のようなものがつづいて、なにより磯へは緩やかな段々になった坂を下っていけば降りていくことができたから、その頃であれば多津子も降りていけただろうにと残念な気持ちにもなるが、さらに変化といえばいまではコンクリの暗渠だって昔は眼鏡橋のように石を半円状に組んだトンネルになっていて、そこと先にも書いた端の小川からはちょろちょろと山からの、というか農業用水や貯水池から流れ落ちてくる水が海に注ぎ、これがかつては磯の藻や水草にとっての栄養の提供源だったと思われるのは、往時と比べて磯焼けしていると島の知り合いの年寄りが言うのと、暗渠となった川がどこも涸れているのとが、どうしても無関係だとは考えがたいからで、事実盛んに海に川水が流れていた時分には、ヒジキもアオサもカジメも磯では採れたといい、それらは漁協の二階で干していてということは島外に出荷していたのだろうし、またテングサなども同様に採れていたから心太《ところてん》もいまのように店で買うことなく島の者たちが家で作っていたとも聞いたことがあって、だから磯焼けの原因はあるいは過疎化の進行によって田んぼを耕す者の数が減り、川に流れる水も田んぼからの栄養を含まない雨水が占めていることとも関係しているのかもしれないが、過疎化であればそれこそ稔が幼い頃からすでに始まっていた現象であり、昔はもっと海がきれいだった、たくさんの生き物がいたなどと美化して振りかえるのはことおれのような年齢にありがちな錯誤というものなんやろうかね、タッコ婆よ。

ずうっと、ここも草ぼうぼうやろ。と大叔母が言ったときにふたりは曲がり角から再びまっすぐ、百メートルほどの一本道を真ん中まであるいてきたところで右手にはもうシャンシャンパナが下に見えていて、けれどもそれは往時とはすでに姿を変えた磯であり、多津子の言うように草だらけになっているのも、それは昔からではないかといえば案外そうでもなく、いや彼が子供のときから草は確かに生えてはいたけれど、こんなに道の片側まで葉先を垂らす暖竹ばかりではなく笹や細い竹も木々のあいだに茂っているといった具合ではなかったはずで、うん、草だらけっていうか、暖竹だらけよ。と稔が言えば多津子の方は、ダンチク？　とその名を知らなかったようで今度は稔が以前にネットで調べていたものだから多少得意になりながら、そう、暖かい地方の植物らしい、島には昔は生えとらんやった？　と訊けば、うん、山の方にはあったとやろばってん。と彼女は答え、それから、昔は松林やったもん、この辺な。と教えてくれるが松らしいものは見当たらず、いやシャンシャンパナのハナに当たる海に突き出た崖の斜面にはひょろひょろとした松が生えていてもう数十メートルばかりとなった磯の端の水面に影を落としていて、そういえば子供の頃に泳ぎに来たときには、どんなに暑い日であっても、そして海もなんだか温《ぬる》く感じられるような水温のときであっても、あの松の影が落ちるところだけはすこしだけひんやりとしていたような気がするな、と思いだしてすぐに、当時は赤煉瓦の煙突の傍の川にも水がいまよりもずっと多く流れていて海水と混じり冷たかったのではないかと気づき、全体に石と岩ばかりのシャンシャンパナではあったけれど川があったおかげかわずかばかり砂の溜まった一角ともなっていたから、どうにか川の水をせき止めようと堤をこしらえたりして遊んだものだったことなども記憶の底から引き揚げながら、松はそこの山になっとるところには生えとるよ、いまも、と応えると多津子は、そうね、とだけ言ってすでに消えかけた景色には興味を持てないのだろうかと思いつつ稔の方は自らにとってはまだ大叔母ほどには遠ざかっていない過去のシャンシャンパナの風景を頭の中で手繰り寄せはじめて、そう、島にやってくる夏には必ず海に泳ぎに行って、ここで生まれた子供たちがそうしてきていたのと同様に自分もサザエを捕ることに熱中し四個、五個と家に持ち帰ってきては祖母や母や父から褒められるのが嬉しくてならず、午前中いっぱいを費やして夏休みの宿題を嫌々ながら進めていると、稔、居るー？　と外から卓也が声をかけてくるから海パンに着替えて潜水ゴーグルを片手に土間を駆けだしていくと、お昼ご飯には帰ってきないな？　という祖母の声が後ろから聞こえ、うんわかった。と返事をする頃には卓也と一緒に並んでもう家の前の道をあるきだしていて、行き先がエグチンマエでもシャンシャンパナでも、とにかく目的はサザエであって卓也からは耳の水抜きの方法や高いところから飛びこむさいには海面にぶつかる衝撃でゴーグルのガラスが割れてしまうから顔を上げたままの姿勢で水に落ちることなどを教えてもらい、そうして潜った先の濃い緑色をした海の中でも海底の岩と岩の隙間に目を凝らせば藻を殻にまとったサザエが一匹、ちょうど息を止めていられるかどうかといった深さのところに隠れているから細い腕を大急ぎで伸ばすとこれが思いのほかしっかりと岩にくっついているものでつい捕りそびれたりして、だからその分無事に捕れて海面に上がったときにはなんとも愉快であったから、祖母に言われたこともすっかり忘れて昼ご飯までに帰れずに叱られたりもして、でもそれで反省などするわけもなくまた母からは宿題がまるで進んでいないことをこれは祖母よりもずっときつく説教を受けていたのに、ご飯を食べたら早くも再び海に行きたくて仕方がないから、今度はこっちから卓也を誘って夕方になるか飽きるまでサザエを探し回るのが、そう小学校の何年生だったか、とにかくその頃の夏の日課となっていたのだったが、さてその頃の海は、シャンシャンパナはどんな景色だったのかと思いだそうとしても浮かんでくるのはやはり血眼になって探していたサザエだけで、これではなにも見ていないのとおなじじゃないかと思うものの、では最近のシャンシャンパナはどうだったのかといえば去年の夏に帰省したときに泳いでみたことがあったが、こちらの目が子供の時分と比べてずいぶんわるくなっているのもあったしそれに、やはり島の年寄りたちが言うように、そう、磯焼けしとって、まるで魚もサザエも居らんごとなっとったとよ。

ここはどこやろか？　と多津子が言ったから、ここがシャンシャンパナたい。と答える稔に、ええ、もう着いた？　ここがや？　と信じられぬといった口調でまた言うのに、もう端っこよ、この防波堤の向こうがシャンシャンパナですよ、タッコ婆。と答えれば、そうや、ここまで道のきれいになっとるとね。そう、おれが中学の頃ぐらいにはもう、こがん感じよ。そうや、磯には降りていかれんごとなっとる？　うんにゃ、防波堤のそこにさ、背の低い扉があって階段で降りていかれるごとなっとるばってん、岩がごろごろしとってさ。ああ、それじゃあるかれんたいね。うん、階段も急で狭いし。そうや、こっちの、と多津子は言って松の生える崖の暗がりになっている斜面を指さしながら、先にはもう行かれんごとなっとるよね。と言うから、稔も、うん、これ以上先には行けんようになっとる。と答えてから、そう、去年もこんな感じのけれどいまよりもずっと暑い時期に来たから扉を跨ぎ越して階段を降りてさて久しぶりのシャンシャンパナはどうなのかと泳ぎに来たことがあったのを再び思いだすのだったが、ほんとうに海の中にはなにも居らずけれど色だけは昔のままでやはり深い緑色した水の下に並ぶ岩や石の上を雪が積もったように苔のような藻が覆い、それが見えるかぎり一面につづくだけで砂漠を上空から眺めているような心地でまれにひょろりとした藻が寂しく揺れているばかり、魚の姿も皆無というわけではないもののハゼの小さいのが岩と岩のあいだを所在なさげに泳いでいるぐらいのもので、もちろんサザエなど見つけることさえできず、その代わりに生息域を大いに広げているらしいのがガンガゼという毒ウニでかつてはサザエがねぐらにしていた岩の隙間には大抵四匹も五匹も彼らが、天敵といってフグやイシダイぐらいしか居ない——しかも、こうした大食漢さえもシャンシャンパナにはめったに姿を現さなくなっていた——のをいいことに禍々しい針をぴんと立てているものだから泳ぎ疲れたからといっておちおち足を岩に置くこともできないありさまで、いやはやまったく空しいものだったがそれでも子供の頃のように波打ち際の岩にかおを近づけ、また潜りつづけて見つけた生き物といえばカタキャ(マツバガイ)が波の洗う大きな岩に張り付いているのや危険を察するとポロポロと岩肌から下に転がり落ちるミナや逃げ足の速いヤドカリ、あとは藻と色の区別のつかないカイメンに枯葉のように口を下にして漂うように泳ぐヒーロッポ、それから岩をどかせば真っ赤な色をしたゴカイの一種やこれも岩と岩のあいだにびっしりと群生するカメノテといったのとどうやら群れからはぐれた若いアジとおぼしきのやスズメダイの仲間であるらしい鮮やかな青色した小さな魚がアミジグサとかいう海藻の脇を泳ぎ去っていき、きれいな赤や黄色の表面に白いうねうねとした迷路のような筋が無数に走る、ノウサンゴの一種らしい生き物といったぐらいであとはさっきも書いたように荒涼とした景色の中を翌日にはすっかり筋肉痛になってしまった腕で掻きわけていったのだけど、これではあまりに寂しくやはり幼い頃の海、いくつもの帰省するたびの夏が積もり重なる海へと記憶を潜っていけば釣りをしていても大抵は四、五匹なにかしらの魚を家へと持ち帰っていた以上は確かにもっと生き物がたくさん居たにちがいなく、例えばドンコと島で呼ぶハゼに似た小型の魚が底の砂の上を泳いでおりそれから水中に没した岩場を覗いてみればアラカブが息を潜めるすぐ隣にギンギョ（ゴンズイ）が群れてもいて、ヒーロッポにクサフグといった彼らは上から注ぎ入る夏の日差しにどことなく眠たげな緩慢な感じで波間を漂い、人間など怖いものかといった風情で堂々と幼い稔の足許を通り抜けていったイシダイの姿を見ておそらくは波打ち際まで来てしまったアジやサバやイッサキの稚魚だろうごく小さな魚の固まっていたのが素早く泡が弾けるように逃げ惑い、磯のどこかに巣穴をもつタコも陽気に誘われたか水面を滑るように泳いでもいて、漁具かなにかの部品として用いていたのだろうか浮いている竹のあとを付いていくようにヨウジウオが身体を縦にして泳いでもいたし、あちこちに浮かぶ流れ藻にはこれを目当てに昔は漁師たちがわざわざ捕っていたというモジャコと呼ばれるブリの稚魚が群れをなしていて、その流れてくる藻の下を潜ってみればつぶつぶとげとげとした節だらけの枝葉の隙間にさしこむ日光を受けてまどろむように漂流物の庇護をうける小魚がたいてい一匹や二匹はおり、またウルメにエタリ（カタクチイワシ）に彼らを餌とするアジにブリにイッサキの成魚たちもここシャンシャンパナに突進してくることもあってミナとそれからウミホオズキと呼ばれるミナの卵嚢とイガイは岩と磯溜まりに集まり、エイジゴ（トコブシ）にヒヨイガイにシャモジガイにヒザラガイだってうんと深く潜れば見つかるはずでカキとフジツボは岸壁に安住の地を見出しウニも毒のないのばかりだったしまた、クロイオ（メジナ）やバリ（アイゴ）は藻や水草で森のようになっていた青い海底を当てどなくうろつきそれからミズクラゲにアカクラゲが錆びた鉄を漬けこんでいた水でも流したみたいに海面を漂う赤潮の中を浮かんでもいてシャンシャンパナのパナ、すなわち崖の出っ張りの下は波が立たないからかアメンボが数匹浮かびましたカニも岩の穴から穴へと経巡って、そうそう、遭遇することがままあるにもかかわらずしかし姿を見たことのない海中生物もシャンシャンパナには生息していてそれはイラと呼ばれ「苛」に由来すると思われる名前のとおり泳いでいる者を刺すのだけれどネットなどでは、これの正体がクラゲだとするものもあるがどうもよくわからないというのも目に見えない大きさであるからでとにかく泳いでいると、ぴりっとした痛みが突然走り刺される箇所といえば腕でも胸でも腰でも肌の出ている部分ならばどこでもおかまいなしでイラに嚙まれる――なにしろ口や歯のある生き物であるかどうかさえ定かでないものの、島では虫などに起因する痛みはしばしば「嚙まれる」と言うからこう書くが――決して激痛というわけではないがしかしもう一度見舞われたいものでもないから、すぐに泳いでいる場所を変えようと離れるさいに後ろ向きになって手足を水で掻きながらゴーグルをつけた顔を水中につけていったいどんなやつなのかと確かめたいがけれど、小さな魚も海藻も細切れに分解されつつある木っ端もクラゲの触手らしい細い糸も水の中にはみとめられず、それでいて刺された箇所を見ると小さな赤い斑点ができておりただし痛みも別にあとを引くものではなくただわずかな痒みが残るだけで、その正体を母などはとても小さな虫のようなものだと確信しているように、まるで見たばしかんごて《見たかのように》言うとばってん、いったい正体はなんやったっちゃろうね？

　ほんなら戻ろかね。多津子は言ってそれから、これで見納めばい。と付け加え、また来年も来ればよかじゃん。と稔が言うのに、来年は来んたいね、法事もないっちゃけん、それにもう来年はさっさとあるききらんよ、うちは。と返事をするから、そんならたっぷり見とかなたい、タッコ婆よ、見納めやったら。と言い、もう充分ばい、充分見たばい。と応えるものの彼女の目はどこか海なのか防波堤なのかそれとも空なのかをさまようように動いて、それではまるで見えていないのではないか、いや自分なんぞよりよっぽど大叔母は見ているし見てきたのだと、そう思い直した稔はまた煙草を口にくわえると、じゃあ戻るかね。と言って、風でなかなか火の出ないライターの音を聞きつけた大叔母から、よう吸うね、わがは、ちゃんと歯ば磨きないな？　イサのごと咽頭癌にならんごと。と言われたのを合図にして、うんうん、わかっとるよ。とあるきだし、うんうんて、わかっとるとか？　と多津子がまた言うのに、うん、歯ば毎日磨くたい。と答えて横に見える防波堤の向こうの小さな磯に目をやってそうだ思いだした、おれはここで大きなサザエを捕ったことがあったぞとその日の記憶を行きとおなじ道の上を再びよいよいと足を進めながら辿っていくのだったが、どうしたわけか卓也とも兄や妹とも一緒でなくひとりでシャンシャンパナに向かったあの日は、そう、他の夏とはちがってそれがいつだったのかを憶えていて小学校四年生のとき、そうつまり十歳だった稔は父と一緒に島に来ていて兄と妹はその日の夕方の船で母に連れられてやってくるという変則的な帰省をしたはずで、それはなぜかといえば当時兄と妹が習い事でピアノ教室に通っていたからだと思いだすと急に、冷房の効いた部屋で午前中から高校野球を観ながらビールを飲むまだ老人ではない父の半ズボン姿や祖母もまだ元気で、そう認知症によって時間の前と後の繋がりが手からぽろぽろとこぼれ落ちるのがもどかしく歯がゆくてならず、それが苛立ちとなって元来の笑い上戸で孫と見れば甘やかしたがる性格を変えてしまい、母と衝突を繰りかえすようになってしまった祖母だって島ではアッパッパあるいは簡単服とかつて呼ばれていた白いワンピースを着て夏の朝から料理に洗濯にと家中をせわしなく、けれども軽快に動き回っていた光景が蘇ってきてつい感傷に座りこんでしまいそうになるけれどこれから敬子の家に、また過去のシャンシャンパナに向けて戻らなければならないから座っている暇などなく、そうだピアノの発表会があって小学五年の兄と一年の妹が練習の成果を披露するからと、会場への送迎とビデオ撮影をするため福岡に居残ったことによる母の不在をいいことに宿題もやらず、午前中のいつもより早い時間から稔はサザエを捕りに行こうと外に出ていき、それにしてもどうしてひとりだったのか考えてみるに卓也は島の子だから盆にはいろいろと挨拶や行事に出向かなければならないはずで、きっと家まで行って、卓也居るー？　と玄関で声をかけてみたけれど、きょうは親戚んがた《家》に行かなっちゃんね、やけん明日また遊ぼう。と断られて仕方ないそれではひとりで泳ぐことにしようと稔は納屋を越えエグチンマエを通り過ぎてシャンシャンパナに向かったにちがいなく、そうしてやってきたにちがいないシャンシャンパナで潜っていると緑色の水底にこれまで見たこともない大きさのサザエが岩で囲まれた窪みになっているところにいるものだから、昂奮のあまり水中でくるくると回るように腕を掻きまわして潜ったものかそれとも、一度息継ぎのために上がったものかと逡巡するもののむろん、ずっと呼吸を止めていられるはずもなく惜しみつつけれども場所を決して忘れまいと窪みから目を離さぬようにしながら水面に上がっていき立ち泳ぎのまま息を整え、よしもう一度と潜るがこれがあと少しほんの十センチもあれば殻を摑めるというのにどうやっても、そう、まるで子供の稔の息がつづかなくなるちょうどの位置に陣取っているみたいにサザエは何度潜っても彼の指の先にいるものだから、そしてあんまりずっと潜っては水面に上がりを繰りかえしたせいだろうか、しだいに彼の頭の中に奇妙な想念が湧きだしてきてそれはあいつはきっとこの辺りの主で、もし捕ってしまうと祟りに遭う例えば急に海が大時化《おおしけ》になるとか海の底から恐ろしいフカのような生き物がやってきて喰われてしまうとか、しかしどこかで彼はそれが自分がこしらえた嘘だと知ってもいてならば怖いという感情も嘘かといえばそうでなくつまるところ、納屋のときと同様に自分ひとりでなにかしてはならないことを決行しているという意識につきまとう後ろめたさがあり、きっとそれは祖母に海に行くと言わずに出かけてきてしまったのが原因なのだったが納屋に忍びこんだときと異なるのはいまやっていることには愉楽がなく、ただ心細さと息を止めつづけているせいで苦しさばかりが募り口惜しくてならないがあのサザエは諦めることにした稔の姿が不意に消えてしまい、というのも多津子が足を止めて真剣なまなざしで正面を見つめながら、ありゃ、いかん、腹の痛なってきたばい。

お腹の痛なったって？　稔が訊くと、ああ、運動したとが効いてきた、ああ！　おお！と急に棒立ちになったまま身悶えしだした多津子が小さく叫ぶものだから、どうしたと？とまた訊きながらも彼は思わず笑みを浮かべていて苦悶のため歪んだ眉を見ているとなにやら申し訳ないもののそれでも、自分の腕を取る手に力が入りいかにももう一刻だって我慢できないと言うように悲痛な声を上げる大叔母のかおにも困りきった笑みがあったから稔もつい笑わないではおれず、そんなら急いで帰るたい、タッコ婆、我慢されるね？　と訊くと多津子は、我慢せにゃいかんやろうもん、我慢されんとやったら藪でせにゃたい。と軽口を言えるようだからきっとまだ間に合うのだろうがそれでも急ぐことにして多津子の腕を引っぱっていくようにあるきだしながら、そう、せっかく見つけた大きなサザエを諦めなければならなかった稔はもうこれ以上は泳がずともよいのではないかと目的を失って、けれども濡れた身体を磯の大きな岩に横たえて日差しと海風で乾かしサンダルを履いて子供の足にはずいぶんと長い距離の道をあるいて家の風呂場に向かうというのが、億劫にも思われたからなにもせず、ほんとうになにもしないで手足をゆっくりと左右にうごかして波で口や鼻を濡らさないようにしながら海に浮かんだまま耳を水中に沈めていると、ごおごお、すうすう、ぐるぐるといった音が聞こえてきてこれは、波だろうか潮の流れだろうかあるいは海全体がもともとこういう音を立てていて自分が聞いているのはその全体のうちのほんのわずかの部分、世界中の海が鳴らす音のほんの一部分がこの磯までこだまのように響いてきているのだろうかなどとぼんやり、眠けにさそわれるような心地よさの中で考えるのだったがまだ午前中だったから太陽も真上にはなく日光が目に差しこむのを崖が遮ってくれており、真っ青な空はどこか薄暗くそして透き通っていてどこまでも焦点を合わせて空の上のそのまた向こうまで見通せそうなほどであったからそれが茫洋とした気持ちにもさせて、いやましてぼんやりとした気持ちになっていた稔にふとある想念が、それは先ほどのサザエを捕ろうとして何度も海に潜りながら浮かんだ想念よりもずっと漠然としていてけれどもそれだけにいっそうの恐怖を彼の胸に吹きこんできて、思わず稔は身動きが取れなくなってしまうほどで、というのも彼の胸に生じたのはほんとうは空が下にあって自分は天井である海のごく薄い皮膜のような水滴にかろうじて身体の半分だけを張り付けているに過ぎないのではないか、そしてもしも海から上がろうと試みたが最後自分は真っ逆さまにけっして足の着くことのない深い空へと落ちていってしまうのではないか、あるいは子供ならば一度は考えるかもしれずまた中学生ぐらいの歳の者もふとそうした想念を思い浮かべて大学にでも進んでから「檸檬」の作者のごく短い小説に似たようなモティーフを見出すことになるあの、もしも天と地があべこべであったならば自分はなんて心細い状況にあるんだろうという想念が稔を摑んでしまい、彼自身の力によって己が身を自由にすることができなくなってしまったもので、それでは一体この状態をどうすればいいのだろうかと考えたかといえばそうでもなくなぜなら、波打ち際のすぐ近くに浮かぶ彼の目はシャンシャンパナに向かってあるいてくる真っ白な服を着て日傘をさす祖母の姿を見出していたからで、そう、蒼穹に落ちこんでいってしまうなどという空想を彼はさっさと手放してしまい再び立ち泳ぎの姿勢になると、まだシャンシャンパナまでは少々距離があるというのに目ざとく祖母の手に編み籠が提げられているのを見つけきっと食べ物を持ってきてくれたんだと思いながら海から上がってみれば、お弁当ば持ってきたぞ、唐揚げの入っとるぞ。とそれを聞いて喜ばぬはずはないといった歌うような口調で言う祖母の傍に駆けていきおにぎりと唐揚げとかまぼことたくわんの詰めてある弁当をさっそく貰い受けてちょうど座りよい大きさの石に腰かけて食べだす彼に、祖母が籠から取りだして渡してくれた水筒はからからと氷の入っている音がして中身はよく冷えたポカリで、おにぎりにかぶりつきながら彼はとても大きなサザエを見つけたからきっと捕るその瞬間を見てほしいから捕れるまで帰らないでほしいと言い祖母は、笑いながらもしも捕れたならば稔の父が喜ぶだろうと言ってシャンシャンパナの当時は防波堤も階段もなくただ緩やかな坂状の段々になっていたところに腰を下ろして、それっ、がんばんない。と言ってその声援に応えて稔は再び海に入っていってまたあの窪みに向かって潜りその手にサザエを握って海面からかおを出すと、すぐさま祖母に、ほら！　と水中よりもずっと重くまたいっそう大きくも見えるサザエを差し出せば祖母も孫の小さな手からはみ出るサザエを眺めてよく捕ったものだと褒めながらしかし、こんなに殻の大きくなったものは案外と身の方は小さいのだと教え、そしてそれはじっさいに祖母の言う通りで晩に母と兄と妹が来て騒がしくなった家の居間での夕食に供されたサザエの殻を手にして、中から身をほじくり出した父は、こがん殻ばしとるばってん、身はこんだけぞ。と笑いながら言ってビールと一緒にあっという間に食べてしまって、ばってんそれでおれは別によかったとよ、食べるよりも捕るほうが楽しかったたっちゃけんさ。ああ、ほら走れちうて、お腹のぐるぐる言いよる！と言った多津子がまた立ち止まって笑いだすのだったがそれは逼迫している我が身の思うに任せないのがもどかしさを通り越しておかしくてならないといった笑いであるようで、ああ、こりゃいかん、フフフ。間に合うか？　と訊く稔に、間に合わなしょんな《仕方ない》かたいね、間に合わんとやったら、おお！　藪でせにゃたい。と言い、そうたい、藪でせな。と稔が応じるあいだにも、フフフ。笑いよる暇はないっちゃないと？　そうよね、ああ、どこまであるいてきたやろか？　まあだ、ここはシャンシャンパナよ、タッコ婆。まあだシャンシャンパナってや、ずいぶん広かねえ、シャンシャンパナは。

明け暮れの顔

部屋の戸口の近く、食器棚の前に置かれたストーブがよく燃えている。そのすぐ傍の椅子に父は腰をおろしていた。そこが一番暖かいのだ。他に椅子はあるが、何しろ狭く、台所に立つ母がすぐ後ろを往き来して忙しないから、なるべく邪魔にならぬ場所としてあてがわれた席だった。水が溜まり浮腫《むく》んでいた。そのせいでまるで足が持ち上がらない。長年の酒によってすっかり弱ってしまっていた。額には傷の痕がある。病院の受付で転んだのだという。段差もないのに転ぶのだから、つまりもう駄目なのだった。

肝硬変の兆しもあるという。これは母も言い妹もそう言うのだから、きっと本当なのだろう。ただ父だけが「大丈夫よ」と言って酒を止めない。

「なんが大丈夫ね」と、ビールを飲む父に向かって母が言った。

「そうぞ、お父さん死ぬぞ?」と、同じ食卓について紅白を眺める妹も言う。

もう何百遍と繰りかえされた忠告なのだ。そのたびに父は、おれに酒を止めろなんて馬鹿なこともあるものだ、と言っているような笑みで口を歪めて反論をしていた。けれど、それはもう昔のことだった。今晩もふたりの攻撃にあった父には、もはや言い返すだけの力さえ残ってはいないようで、代わりに、近ごろの口癖となっている言葉を薄笑いと共に発する。

「もういつ死んでもよか」

そう言ってふと真剣な表情になると、なみなみとビールの入ったコップを置き、握り拳をつくった両手を食卓に押し付け、そこにありたけの力を込めて立ち上がろうとする様子だったから、

「トイレ?」と訊くと、父は頷いた。

「なん、お父さんお酒ば持ってくるってしよると? もう飲んだらいかんよ」

そろそろ蕎麦の準備をしようかと、冷蔵庫から葱や蒲鉾を取り出して流し台に置き並べていた母が言うのに、

「便所たい!」

ようやく椅子から立ち上がるのに成功した父は、そうしゃがれ声を出し、ゆっくりと――これではおむつを穿く日もすぐに来るだろうと思うほどゆっくりとした足取りでトイレに通じる部屋の奥の扉に向かう。まさかよろけてストーブに倒れこみはしないだろうなという危惧から一緒に立ち、父の細く柔らかい腕を摑む。どうにかストーブの前を通り過ぎて腕を放すと、

「もう食べられるよー。お蕎麦いるひとは?」と、台所と食卓の間の狭い場所をよろよろ

と歩いていく父に、それとなく道を空けてやりながら母が言った。

「もうちょっとしたら。お寺に行くまえに食べようかな」と妹が言い、「食べるー」と、別の部屋からも返事があった。従妹《いとこ》の声だった。紅白ではない番組を観たいとわざわざホットカーペットだけが暖を取るための手段である部屋で、毛布にくるまりながら、もう一台のテレビの前に座っていた。

「あんたもいる？」

母からそう訊かれ、「うんにゃよか。まだビールがあるけん」と答えて言った。ビールも残っていたし、それに、まだ聞きたい話があるのだった。

やがて喫緊の用事を終えた父がゆらゆら、ふらふらと戻ってきた。母から蕎麦は食べるかと言われ、ほとんど聞こえない小さな声で「いらん」と返事をする父に、

「それで、お父さんの会社は祇園町にあったたっちゃろ？」

そう言って水を向けると、はじめ何を訊かれているのか分からないといった顔をした父は、すぐに思い出したように「ああ、」と言って笑みを浮かべた。

「うん。ビルの五階に会社の入っとって。あん頃は、おまえ、どんだけ父ちゃん酒ば飲みよったか！　会社に店からの請求書が月末にきてくさ、毎月数百万やったか、そんぐらい支払いのきよったとぞ……」

年の瀬に帰省したのだった。一緒に暮らす兄と共に新幹線に乗って、できる限りマスク

を外さず、数時間を過ごしたのちに会った家族とも、先に手洗いとうがいをしてから、とろくろく挨拶もせず洗面台に駆け込み、土産物を渡してからも、果たしてコロナを「もらい」はしなかったか、発症しないかと心配でならなかった。母の実家がある長崎の離島に渡ったのが翌々日の二十九日で、大晦日のこのときが島の家で寝起きをした三日目の晩だった。関東のマンションを出てからだと五日が経っており、ということはもう大丈夫だろう——感染してはいない、またもし感染していたとしても無症状なようであり、そしてそれは新幹線で隣の席に座っていた兄も同様で、家族や親戚だっていたって元気みたいだから、してみればもうマスクなどをいちいちつけたり外したりしなくとも大丈夫だろうと、ようやく一息をつくことのできた日の晩であったから、ついビールを飲みすぎていた。また、今朝蒲団から起き出してからは、祖母に頼まれてストーブの灯油をあっちからこっち、という具合に運び入れたり補充したりし、また鏡餅の用意や玄関先や荒神棚といったところの飾りつけ、黴臭いような気がする、と妹と母が言うシーツを洗濯して干したり、土産を提げて寺に挨拶に行ったり、一緒に帰ってきていた大叔母が、秋にも行った海岸沿いを再び散歩したいと言うから、腕を貸してついていったりと案外忙しく、これらのもたらした疲労もビールのすすむ理由になっていた。母に、妹と従妹といった若い者は、そのあいだ重箱に詰めるおかずの下拵えに忙しく、足の悪い父に目の見えない兄に目と足の悪い大叔母に、この家の主で近頃は一日中ベッドでまどろんでいるのがほとんどの過ごし方となっている祖母——といった面々だけが、午食に夕食にと呼ばれて食卓につく以外は、隙間風の吹き入る古い家の部屋々々に引っ込んで、各々のしかたで寒さをしのぎながら夜を迎えた。もう大叔母や祖母は寝てしまったらしい。兄はたしか二階にいるはずで、夕食のさいに出たビールの酔いを醒ましつつ、好物である蕎麦にありつく時間がくるのをじっと待っているのだろう。父は年越しだというから、普段ならばとっくに酔い潰れて寝てしまっている時間ではあったが食卓に居残っていた。

夕食をすませるまでのあいだは父の隣に腰を下ろし、幾人かの知り合いから聞いた悲惨な話を聞かせ、また肝臓という器官は生涯アルコールを漉せるものではなく、市販の健康食品などをいくら服《の》んだところで、不可逆的に深刻な事態に陥るだけなのだから、などと言って父に酒を止めるよう言っていたはずだった。なのにいつのまにか、どうしても止められぬのならば、せめて焼酎はよした方が良いというところに説得の落ち着きどころを退却させた辺りからおかしくなり、日本酒やワインは好きなのか、昔はどれぐらい飲めたのかといった話を、父のコップにビールを注いでやりながら、また手前のコップにも注ぎ、大いに飲みつつ聞いていた。

紅白が終わろうかという時間になると、もう父は何を言っても聞くまい、せめて帰省しているあいだだけは、焼酎ではなくビールだけを寝酒代わりに飲ませるべく、傍についていて監視しようと独り決めに決めてしまい、あとは聞き役に徹していた——酒で駄目になってしまったのも、きっと誰とも話さないからだという気持ちもあったから。それで、やたらと話をさせようと昔のことに水を向けているのだった。

「まず、ね。仕事ば仕舞えたら、飲み行こうやってなろ？　そしたら肉の旨い店、魚の旨い店……」と父は細い指を折り曲げて、数えるように言うのだった。「博多のそがんところに行ってくさ、そんあとはスナックたいな。社員ば四人か五人連れて行って、三十万やら、そがん金額よ。それじゃまたって、こう、手ば上げて出るだけたい。そん頃はおまえ、お金やらは払わんとたいな。あとで店のひとが請求してくるけんさ、月末に。そいで支払ってくださいって言うてくるけん、そんたびに会社の経費から払いよった。毎晩よ。もう、毎晩そがんして、バーボンも飲んだスコッチも飲んだナポレオンも……それからおまえ、タイに行ったときも……」

「タイ？　お父さんタイに行ったと？　観光で？」

唐突に出てきた国の名を繰りかえして訊けば、父は「仕事でたい。タイも行った、それにアメリカも行ったろ？　三十五の頃に……中国にも二回行った」と言う。

のべつ父の話は広がり、元々の話題が見失われそうになるのだった。そのため、どうにか最初の筋道に戻そうと努めて聞いていくうち、タイには開発を計画する土地を視察するためという名目で、取引先の社長に誘われてゴルフをしに行ったという。それから景気の良かった頃を懐古する方向に話題が転じて、十億以下の仕事は受けなかったし、それでも次から次に仕事の話があった、儲かりすぎて「少しちょろまかしとった」結果、税務署にいくら払うはめになったかを喋りだした。途中、友人たちと飲み明かした日のことを話す父に向かって、蕎麦と汁を入れた丼に具を載せながら、「みんなお金が無くなったら居《お》らんごとなったたね、お父さんの友達」と、母が口をはさんだ。

「うん。だいたい死んだもんな。今も生きとるとは、二人ぐらいしか居らん」

母の言葉に含まれた意味合いを理解しようともしない、こともなげな様子で、父は応えて言った。

去年会社を整理してしまい、いまは年金で暮らす父は、福岡の家から徒歩で一分もかからない、けれど少々坂になっている道の先に駐車場を借りていた。父の足は、その一分間と傾斜に耐えることができないまでに弱っていた。そんな状態で運転などは思いもよらないことだった。それで父が働いていた最後の年に買い替えた新車の鍵を預かることにした、と島に渡る船着き場まで運転する母が言っていた。買い出しも病院も、日々の用事の足は一切自分が引き受ける、その代わり、もうあんたが運転することはまかりならぬというわけだった。

「あ！　持ってきとったと？」

父の座る椅子の後ろを覗き込んだ母が声を上げた。

そこには戸口の隅の傘立てに隠すみたいにして、焼酎の瓶が置かれていた。

「飲んだらいかんよ。またひっくり返って怪我するけん」
もう車に乗って買い物に行けないのなら、焼酎はどうして手に入れたのだろうか？　好物のにおいを嗅ぎつけたらしく二階から降りてきた兄に席をゆずって、煙草を吸いに出ようと戸を開けながら「夕方からずっとあったけん、ここに元からあったと思った。なに、お父さんが福岡から持ってきたわけ？」と顔を見て訊くと、微笑のためにしわむ口元を小さく開けたまま黙っていたが、「来年に飲む分たい」とだけ父は言って、ビールの残るコップに唇をつけた。

翌日は九時前に目覚めた。お屠蘇にお雑煮にお節料理で腹を満たし、暖かい部屋で駅伝を眺めているうちに昼まえになろうとしている。集落の外れのお宮に詣り、帰路に親戚の家に挨拶をと入り口の引き戸を開ければ、よく来た、さあ上がれと言われて、そこでも料理が振る舞われた。最近は来る者たちがみな車だからと言うし、それに年寄りばかりだから余って仕方がない——次々と缶ビールを持ってきて、一本空ければ二本あらたに裏口から運んでくる親戚の老婆は、食卓に冷えた缶を置くたびにそう言うのだった。兄も妹も従妹も満腹だと言うものだから、ビールを干す仕事を引き受けることになったおかげで、親戚の許を辞して祖母の家に向かいだした昼過ぎには、すっかり年始の寒風も感じず、むしろ涼しくちょうど良いというほどには酔っていた。

祖母の家の居間はガラス障子を隔てて店に繋がっているのだったが、そこの上がり口に腰掛けている男が居た。帰りつき、ふとその者に目をやった。男もこちらを見た。

「おお、帰っとったつきゃ《のかい》！　作家先生！」

一杯機嫌らしい。手を擦り合わせながら、腰がくだけでもしたようなお辞儀をしつつ、卓也の父が家の中で出すには大きすぎる声で言った。

島には卓也という幼馴染が居た。同い年であったから、かつては帰省のたびに遊んだものだったが、やがて会わなくなった。高校を卒業した卓也が就職のため島を出たからだった。一度電話がきて、関東にきているから会おうと言われたこともあったが、その頃は大学をやめ、かといって働くわけでもなく、就職したばかりの兄の稼ぎにぶら下がっていたから引け目を感じ、口実をつくって会わずじまいにしてしまった。最近にまた卓也から電話をもらい、そのときのことを詫びた。卓也は、そんなことはなんでもない、と言ってくれた。その幼馴染の父が上がり口に座り、買い物をするでもなく居るのだった。

おじちゃん（こちらの方が言い慣れている呼び名だ）も、父と同じく働いておらず、役場からの入金を頼りに暮らしていると人づてに聞いた。正月はおじちゃんの「飲み時」であるようだった。帰省してきた知り合いの許を挨拶回りで訪ねると、たいていは酒とつまみが用意されている。そのご相伴にあずかることができる。それで祖母の家にも来たのだったが、どうやらあてがはずれた。祖母の息子、つまりこちらからは伯父に当たる者がおじちゃんと同級で、彼が居れば「おう、飲もうや」の一言で食卓まで辿り着いていただろう。けれど、今年伯父は帰ってきていない。そのため、残念なことにおじちゃんは上がり口に座るしかなかった。

おじちゃんに年始の挨拶をして家に上がる。他に誰も居ない台所にひとり立つ母を見ると「お帰り」とだけ言って、こちらに視線を向けた。母の目のなかにあるものに対して承知すると、冷蔵庫から缶ビールを二本取って、おじちゃんの隣に座った。

「わが《あんた》、卓也に会《お》うたや？　え？　会おう思うたら会われんつきゃ？　あいつは今は名古屋に居っとぞ、え？　知っとったや？」

渡されたビールを飲みながらおじちゃんは矢継ぎ早に話しだした。それに返事をしつつ、「卓也は今は造船所で働きよるんでしたっけ？」と訊くと、おじちゃんは頭の上で腕を振り、それから怒ったような目つきで「なんが造船所か！　わが、ばかたれ！」と叫ぶように言う。

怒ってはいないのだ。その証拠に、「お孫さん、もう何歳になりました？」と訊けば、すぐさまその目は笑みと共に皺に埋もれる。

「七歳。可愛かぞ？」

「もうそがん歳になりますか。今年は卓也は帰ってこんと？」

そう訊くと、おじちゃんは携帯電話を取り出した。

「おら、今かけたけん」と言って、呼び出しの音が鳴る電話を寄越してくる。

低い声で「なん？」と卓也が出て言い――正月早々の親からの電話に「なん？」とは、ずいぶんだなとおかしく感じながら電話口に向かって名乗る。一転して卓也は明るい声になり、久しぶりやね、昔はよう遊んだね、シャンシャンパナの砂浜でウミガメば見つけたことのあったな、うんうん、懐かしいね、とひとしきり幼い頃の記憶を手繰りよせあって、それから少しのあいだ近況を話した。

「哲雄の帰ってこんとや？」

電話を返すと、おじちゃんは通話を切ってズボンのポケットにしまいこみながら言った。

「哲雄おじちゃんは、六日やったかな、そのぐらいに来るって言うてました」

「そうや。六日や……哲雄の、わが、知っとる？　哲雄の娘の生まれたときに、おれが木彫りの人形ばやったら、あいつの娘が、気味悪かけんって泣いて、それですぐ物置に放りこみやがったもんな、西アフリカの木彫りば買《こ》うて、土産にしてやったつよ」

いや、そんなこと初めて聞きました、と答えて、折り曲げた足をもう片方の足の上に乗せ置いたおじちゃんが、饒舌に話しだすのについていくことにした。かつておじちゃんは商船の船乗りだったという。南米、東南アジア、アフリカの国と地名がつぎつぎとその口から出てきて、先の話にあった木彫り云々というのは、その勤務で停泊した港のひとつで買った物だった。

「木彫りの人形も、哲雄に子供の生まれたばっかしやったけんな、土産にして持っていったら、まだ赤ん坊やったけん泣くって言うて……金の貯まって仕方んなか。買うよりほかにすることがないっちゃん！」

「ああ、停泊先ですることが？」

「おう。十万、十万で買えたぞ？」と言って、おじちゃんの目は笑う。

「なんが十万ですか？」

「ピストル。ブラジルで、買わんやって言われたことのあった。おもちゃのごたるとば……それから、港に着くやろが？　チリで、船から二人か三人で降りていって、な？　街に出ていって、酒ば飲むやろ？　え？　それで、わが、やっぱり行くってなると、女たいな」

そう言うと、どこの国の女がよかった、情が厚かったかという、酔いのもたらす口舌のうちでもことに野卑でねばつく話をおじちゃんは早口でまくしたて、すぐそのあとに「仕方んなかろが。わが、他にすることのなかっちゃん！」と吐き捨てるように言うのだった。

話しながら、おじちゃんの目は忙しく笑みと怒りとを往来した。そのために、話の中にどちらかの表情が織り込まれて、一種奇妙な抑揚が生まれるのだった。まるで口から出る言葉ではなく、視線が話の筋道をつけているような塩梅であった。怒ったような目つきなどは、あるいは聞いている方にとってなんだか押し付けられているように感じる重圧がないではなかった。また、おじちゃんはのべつ「お、聞いとるか？」や「ほんとうに分かっとるとか？」という言葉を合いの手みたいにはさみ、それも鬱陶しくはあった。けれど酔っていたのと、熱を込めて遠い外国の海でおくった日々を話すおじちゃんが、頭の上の白髪や、曲がりだした背中のことを確かに忘れてしまい、すっかり自らを若いままだと思っているらしいのに気づいたせいだろうか、その無頼を気取った逸話の数々も、マスクをしていない顔がほとんど真横にあることも、ただ愉快に思われるだけだった。

話が途切れたところでトイレに行った。台所でテレビを観ながら皿を洗う母が、妹と従妹と一緒に墓の花を替えてきて欲しい、いま挿してあるのは去年の冬の前にしつらえたものだから、そこの流しの中に水に浸してある生花を持っていけと言う。酔いざましにちょうど良いと思って、二階の部屋でうたた寝をしていた妹たちに声をかける。厚着をして一階に戻ってみると、上がり口におじちゃんの姿はなく、畳の上に潰れた空き缶が転がっていた。

歩けない父も大概だが、あのようにあちこち歩き回って飲むのも、息子からすれば大変やろな、と卓也の明るい、けれど少し疲れたような声を思い返しながら缶を捨て、妹たちと一緒に靴を履いて外に出る。

墓場へと向かう道の途中に卓也の家はあった。その傍を歩いていくと、おじちゃんはちょうど家に、ひとりで暮らすには広すぎる家に入っていくところだった。道を行く者が誰であるのか気がついたおじちゃんは大声でなにか言った。けれど、風が強いのと、その声のくぐもっているせいで何を言っているのか分からない。

「卓也の電話番号ば知っとるとや？　教えてやろか？」——分からないが、そう、その怒ったような目が言っていたから、「うん。大丈夫ですよ！」と返事をした。

「そうや、知っとっとな」と言ったのを、今度はちゃんと聞き取ることができた。


三日に島から福岡に戻った。翌日蒲団の中で、今日は一日用事の無い日だなと気づき、ふと思い立って中学時代の友人に電話をした。もしこっちに帰ってきているんなら会わない？　電話口の向こうで相手は了承した。それで、お互いの家から近くにある、そう大きくもない飲み屋街で待ち合わせることにした。

この辺も中学の頃とはずいぶん変わったね、などと、合流した友人と話しながら通りを歩いていると、わずかではあったけれど雨が降ってきた。目についた居酒屋の看板に灰皿の絵が描いてあるのをたしかめると、ここで雨が上がるか、それとも本降りになるのか分からないが、とにかくやり過ごすことにしようと言って、友人を伴い店の引き戸を開けた。ここでもビールを飲みながら、店内の隅に掛かるテレビの音をうるさく思いつつ、しかし映っているワイドショーを話題に持ち出しもして、刺身や揚げ物をつまむ。店内には他に客は居なかった。席に座ってすぐに外したマスクは、傍にやってくる店員が注文を受けたり、ビール瓶や料理を運んできたりするさいには、律儀にいちいちつけ直していたが、じき面倒になってきて畳んで懐に入れてしまった。同じくマスクを外して口元を露わにした友人は、「また増えてきたね」と、ビールを注いでくれながら言う。

「うん。関東に戻るのが嫌になるね」と、返事をしながら、ちょうど東京での感染者数の増加を伝えるテレビに目をやる。

「ちょっとごめん、電話が」と言って友人が席を立った。

年始から忙しそうだ、と思いながら専心つまみを片付けていたが、なかなか友人は戻ってこない。仕方なく新たにビールと料理をもう二品ばかり頼んで、それで友人はといえば、戻ってきたのは注文したものがすべて卓に置かれてなお五分ほど経ってからだった。電話のために店の外に出ていた友人が、引き戸を開け、後ろにひとりの男を連れて席に戻ってきた。

「うお！」

そう、思わず声が出た。「ムカエくん！　なんだ、さっきの電話はそういうことだったの？」

「家に居るって言ってたから誘ったら、来るっていうからさ」と友人は言った。

おくれて店に入ってきたのは、ムカエくんという男だった。

「どうもお久しぶりです」と、ムカエくんは言い、空いた椅子に腰かけたが、またすぐに立ち上がると、雨の滴が点々と肩の辺りに載ったコートを脱いだ。

ムカエくんとは小学校の時におなじクラスで、黒板の日直の名前を書く所に「迎」とあるのに、誰かが「お」と「えが来た」とチョークで足して、ひどく腹を立てた担任が一時間かそこら、犯人の名乗り出るまで一言も言葉を発しないということがあった。結局クラスの軽率者が自分のしたことだと告げて、そこからまた長い説教が始まった——これがムカエくんについて憶えていることだった。中学でも一緒だったが、その頃といえば授業に集中できず消しゴムや糊で遊び、度重なる注意の果てに叫び声を上げながら教室を飛び出ていくのや、叱責を受けると自分の頭を殴ろうとする癖があって、それを担任がおさえるといった光景が思い出された。高校は別だったからあまり知らない。それでも知り合いの誰彼から、やはり高校でも彼は生徒と教師両方に、先の一風変わった授業態度によって有名だったと聞いた。その後には県内でも私立で上位に位置する大学に進み、すっかり彼を見放していた高校の教師連が驚いていたことなんかも、これは誰から教えてもらったのだったか。とにかくそんな逸話を耳にしたのも考えてみれば十年以上前のことなのだ。以来、ぼくはムカエくんのことを忘れていた。

「良ければ掛けるよ」と壁に下がるハンガーを取ると、ムカエくんは「ありがとうございます」と言ってコートを渡してきた。いわゆる鼻出しマスクをしていた彼は、口元の覆いを取っていいものかどうか逡巡しているらしい。「君たちは、こんな時間から飲んでいるの？」とどちらに言うでもなく言って、卓の上のメニューを眺めている。

「うん。ムカエくんお昼は？」と、友人が訊いた。

「まだ何も。もうお腹ぺこぺこ」

「なら、なんでも注文してよ。遠慮せずに」

「じゃあ、そうしますかねえ、お言葉に甘えて」

そう、友人とムカエくんの掛け合い——ことに後者の、小学校の頃から変わらない口調を懐かしく聞きながら、「ムカエくんは、今年のお正月はどう過ごしました？」と訊くと、

「仙台に行って、父と一緒に過ごしました」と、マスクを外した彼は言う。

「え、そうだったの？　何日まであっちに居たの？」

「三日まで。それで、昨日から母と家に居たんだけど、何もすることがなくてねえ」

「妹さんとは？　一個下だったたっけ？」

「妹とも三日に会いました。鹿児島にいま居て、昨日まで帰ってきてたから」

ムカエくんは話しながらも、早く料理を注文したいらしい。それで店員に料理とコップをひとつ頼み、あらためて新年の挨拶をした。ところでムカエくんは何も変わっていなかった。髪型も背丈も、声さえも小学校の六年生だった頃と変わらないように思われた。それら不変の相貌のうち、何よりも彼を特徴づけていたのは鼻だった。ギリシャ彫刻のようなな——という、あの月並みな言葉をどうしても使ってしまいたくなるような、高くきれい

な鼻をムカエくんは持っていた。

「それで、昨日辺りから仕事始めでした？　ていうかムカエくんは、今は何を？」と訊くと、彼は首を垂れて「パン工場。でも、この話をすると愚痴っぽくなっちゃうからねえ」と言った。

いいよいいよ、愚痴なら聞くよ、と友人とふたりして言えば、「ふたりとも声が大きいなあ」と迷惑がるような声でムカエくんは言い、しかし素直に話しだした。聞けば彼は、福祉センターや児童館などの、公共施設の売店に置かれる菓子パンや総菜パンを作る作業所で働いているという。彼はツナサンドを作る担当だったが、そこで水分が流れ出てパンの底がふやけてしまうのを防ぐ方法を独自に見つけた。「お客さんからも褒められたし、母も大発明だねって励ましてくれたんだよ」

しかし、コロナの流行と時期を同じくして、どうも経営者が交替したか、あるいはコンサルタントのような人間が口をはさんでくるようになったらしい。作業所は新しい体制になり、ムカエくんの見つけた方法は手間がかかるために省くように言われた。彼がそれを拒むと、総菜パンを作る担当をはずされたという。

「じゃあ、今は何を作ってるの？」

「何も。朝作業所に着いたら掃除をして、それで帰れって言われてます。だから今日だって一時間しか働かせてもらえなかった」と泣くような声で言う。

「ひどい！　時給でしょ？」「ひどいよそれ！　食べていけないじゃん！」と、友人とふたり、口々に言えば、ムカエくんは「ぼくばっかり言われる……ムカエが大声を出すから他の従業員に迷惑だなんて」と、打ちひしがれたような声で言うのだった。

「え？　叫んだの？」と、友人が訊いた。

「ぼくだって、いつもぼくばっかり言われるから、ぼくがなにか言うと大声を出すのを禁止するって言われて、それに、外で作業所のことを言うなって」

そう、早口に彼が言うにおよんで、「それ、やばいよ！」「どんな職場だよ」と、友人とふたりして笑いだしてしまった。そう、あまりにもひどい話で笑うより仕方がなかった。同時に、なんだか胸がつまり、泣きたいような気持ちにもなっていた。彼はくどくどと、本当に何度も、いかに自分がツナサンドを作りたいか、自分の考えた方法が、どれだけ客にも感心されていたかを繰りかえして飽きない様子だった。その、あまりにも些細な、小さな仕事への執着が感動的なもののように思われてならなかった。

外に出ると雨は止んでいた。もう一軒行こうということになったが、ムカエくんは帰ると言う。ここが良さそうだと見つけた店の前で彼とは別れた。店は建物の二階にあり、階段を先に歩いていると、友人が肩を叩くから振り返った。

「ずっと振ってる」

歩いてすぐ先の信号に捕まってしまったらしい。ムカエくんは立ち止まり、こちらに向けて手を振っていた。隣には自転車を押す老人が立ち、なにか不思議なものにでも出くわしたかのように彼の顔を、ことにマスクからはみ出た高い鼻をぶしつけに眺めていた。

六日に関東に戻ってきた。

去年買ったまま飲まずに置いてあった缶ビールを干しながら、その日の夜に知人に電話をかけた。世間話をするうち、働くことについて短編の依頼がきていると言った。

「働くって言っても職についたことがないからさ。どうにも思いつかなくて困ってて」

そう言うと「いやでも、家事や介護だって労働ですよ」と大学の後輩だった相手は話しだし、それから「誰かの皺寄せとしての労働っていうか、これは今のコロナの中での医療従事者やエッセンシャルワーカーにも通じるんじゃないですか？」とも言う――《父にビール飲ませて話を聞いたけど、それでますます身体が弱って迷惑するのは一緒に暮らす母やもんな、おれは話できて楽しかったなって思っただけで関東に戻ってきた》と考え、早くも酔いの回り出してきたのもあって、思い出すままに帰省の際に自分が話を聞いたひとびとのことを話した。

するど知人は「そうですよ。お母さまとか、さっきの話だと幼馴染のひとや、あと最後のムカエくんですか、のご家族とか、たくさん周囲に賃金は発生しないけど誰かを守るために働いてるひとが居るって、分かりそうなものじゃないですか、いったい何を見てたんですか？」と言った。

冗談半分の笑い声こそ含まれているが、それでも詰問するような口調で、うるさく感じた。でも同時に、たしかにそうだと思った。

「何を見てたって、話を聞きながらずっと口と目と鼻を見てた。それぞれ特徴があるなって」

「なんすか、それ」と言われたのに笑い声で応じつつ、そういえば耳は見てなかったなと気がつき、目の前の缶ビールをどけてメモとペンを取り出す、短編に使うことができるんじゃないかと思いながら――「耳とは？　目や鼻や口とちがって覆ったりすすいだりの忙しさとは無縁で、けれどマスクのひもをずっと支えてなければならない器官＝母や卓也やムカエくんの家族……兄にとってのお前もだ」

知人が別の話題を口にするのに、相槌を打ちながらそう書きつけたのが十日以上前のことだった。で、こうして実際に引用してはみたけれど、それにしても、どうしてぼくでもおれでもなく「お前」なんて書いたのか、ちょっと思い出せない。

鳶

「空港の傍にあるったいね、式場」と、窓の外を通り過ぎる景色を見ていた大村稔が、前に座る母の美穂に向かって言った。

「なんか言うた？」

貸し切りバスの通路側に座る美穂は、後ろを振り向きながらそう言ってあくびをした。

「眠い」

「式場さ。もうすぐだよね」

「傍じゃないよ。まあだ、ここからもう少し先よ」

「まだ先か」と稔は言い、「きのうは寝るのが遅かったってやろ？　シャツば買いに行って」と美穂に訊いた。

美穂はうなずきながら、横目で自身の隣に座る明義のほうを睨みつけると言った。「結婚式に出るとやったら下に着るシャツは新品じゃなきゃいかんって、それで買ってこいってさ、言うとよ？　新品じゃないといやってさ、お父さんが結婚するわけでもないとに」

稔は小さく笑い声を洩らし、「うん、ＬＩＮＥにそがん書いとったね」と言った。

自らの言いぐさを気に入ったらしい美穂も、笑って話をつづける。「家にあるとでよかよって言うたとばってんさ、丸首のはいやって……それも夜の十時によ？　お店なんて開いとらんじゃん」

「ばってん結局、買いに行ったっちゃろ？」

「行ったよ。奈美が天神で友達と飲んどったけんね、それで迎えに来てーってLINEに書いとったけんさ。それけん奈美ば拾って家まで届けてさ、ついでにミスターマックスがまだやっとったけん急いで入ってさ、もうサイズも見らんで摑んで買ってきたよ……そのあと家でなんじゃかじゃやりよって、ドラマの録画ばしとったのも観ないかんやったけんさ……寝たのが三時で六時に起きたけん、眠いよ」

稔は「ふうん」と言って、座席のわずかなあいだから父のかおを見ようとしたが、そこから明義を覗くことはできなかった。

「眠そうやん、奈美もテレビば観て夜更かししたってや？」

それで、代わりに稔は通路を隔てて横に座る妹に話しかけるのだった。

「いや、すぐに寝た……でも眠いし二日酔い気味」と奈美は言った。

「ふうん、会社の飲み会？」

「高校の同級生」

「そうね」

「そこに知香《ちか》の友達も居《お》ってね、その子がね、フラワーアレンジメントの講師をしてるからって、知香に渡してあげてって言って花ば持ってきてさ」

「それ？」と稔は、奈美の横の席に置かれた花の入った籠を見て言った。

「うん、花が取れないように固めてあるらしい」

「なにで？」

「知らん。重いよ、ミーくん式場まで持ってよ」

「いや、おれは浩ば持たなやもん」

そう言うと、稔は隣の窓側の席に座る兄にかおを向けた。浩は、座席の背もたれにぴったりと頭をつけて、眠っているように規則的な息を吐いていたから「寝よると？」と、稔は兄の肩にかおを近づけて訊いた。

「うん？　いや」と浩は言った。「車酔いしないように深く息をね、吸ったり吐いたりしよるっちゃん」

「そうしたら酔わんってや」

「まあ、酔わないときもあるかな」

「ふうん、そうや」

そう稔が言うと、「稔、おーい」と後ろから呼ぶ声がした。振りかえると、彼にとって伯父である内山哲雄の娘の優子が、心持ち首を伸ばすようにしながら、バスの一番後ろの座席から身体を通路の方に出していた。「お父さんに、あしたの飛行機はやっぱり三時までで合ってたって伝えてほしい」

「うん、わかった」と稔は優子の視線に合わせて、運転席から数えて三列目の席に腰かける、哲雄の大きな身体を眺めやり、自分で言えば、いや確かに、優子姉ちゃんのところからだと、エンジンの音や絶え間なく聞こえている、窓や天井の振動する音でかき消されてしまうだろうと納得して、言った。

「ヒロくんとは新幹線で来たんだっけ？」と優子が、席から立ち上がった稔に訊いた。

「そうそう。新横浜からね」

「わたし今度、そっちのほうに行くよ。横浜じゃなくて東京だけど」

「え、そうなの？　自衛隊のお仕事で？」

「そう、研修。もしコロナがおさまってたらご飯しようよ」

「そうね。浩といっしょにね」

そう答えると、二列先の座席に座る伯父の傍まであるいていった稔は、なにか言いたげな運転手のかおが映る、大きなバックミラーに向かって小さく会釈しながら、優子姉ちゃんからの伝言だと言って従姉《いとこ》に言われたことを繰りかえした。

「おう、そうや」と哲雄は言った。「そんなら、あしたはゆっくりされるな」

「哲ちゃんが優子姉ちゃんたちば送っていくと？」と稔は訊いた。

「うん。ホテルから空港まで送っていく。稔と浩は、きょうはタッコ婆の家で寝るとか？」

「うん。きのうから泊まっとるけん、荷物やら服やらタッコ婆が家《た》に置いとるもん」

「そうや」

「おりょ、ミーくん」

話し声を聞き、前の席に座る内山敬子——哲雄と美穂の母親であり、稔にとっての祖母が振り向いて、背もたれの上から首が出た格好の孫のかおを、見上げるようにしながら言った。「立ってどうしたと？」

「うんにゃ、哲ちゃんに言づけがあったと」と稔は言った。

「言づけ？」

「うん。よかお召し物ですね」

着物姿の敬子を見下ろしながら、そう稔は口元に笑みを浮かべて言った。

「うん？　これね」と敬子は言うと、着物の襟口を皺だらけの手で触り、それから指を帯の方になぞるようにしてから、「似合いよるじゃろか？」とつぶやくように言って、ふたたび手を膝に置いた。

「似合っとるよ。敬子婆ちゃんは哲ちゃん家《ち》で寝たっちゃろ、きのうは？」

「そう。昼に迎えさな来《に》てもろうて、哲ちゃんがたで一泊」

「そこに立っとるとは、稔か？　もう着くとか？」

そう言った声がして、敬子のさらに前の席から、稔のほうにかおが向けられた。彼の大叔母にあたり、タッコ婆と親族から呼ばれている、敬子の妹である桐島多津子だった。

「稔ですよ。もうじき……」と稔は言いさして、緩やかな坂を登っていたバスが道を曲がるのに合わせて、身体の重心を片方の足に乗せ、フロントガラスの正面から横の窓にゆっくりと流れていく外の風景に目をやった。「もう着くよ」そして彼はこう多津子に言うと自身の席に戻っていく途中で父のかおを見やった。肝臓癌が再発していたため、コロナを警戒してマスクで口を覆った明義は、窓の外にあらわれた教会風の建物と、門の向こうに広がる庭や噴水を見つめていた。マスクが大きかったのと、病院を出入りするたびに痩せていくのとで、父の見開かれた目はかおの他の部位と比べて大きく見え、またその表情に、どこか子供っぽい印象を与えてもいた。

「ああ、着いたね」と稔は席に戻りながら、こちらを向いた明義に言った。

「うん。加代子と昭くんはもう着いとるとやろか？」と明義は言った。

「なんば言いよっと。当たり前たいね、花嫁の両親ぞ？」

明義のことばに対して、あきれたように美穂が言った。

「もう少し前に停めますから、このままお待ちください。お忘れ物などございませんようにご確認をお願い申し上げます」と運転手が後ろを振りかえって言った。

「ふうん」と明義は言った。

「もう早《は》よから来てリハーサルやらしよるよ」

「向こうの両親もや」

「うん、向こうの両親っていうか、家族で早くに来て。うちらもこれから顔合わせするじゃんね」

明義は、車内でも脱がずにいて、羽織ったままだったコートの上からマフラーを首に巻きだした。「ふうん、そうや」そして、鼻から抜けるような声で美穂に応じた、顔合わせかなにか知らないが、自分には関係ないのだとでも言うように。

「ご新婦様の、はい、では、お部屋、控室あちらにございますのでどうぞお待ちになってください」

式場の中に入った稔たちに、大量のコートがぶら下がるラックが並んだ場所に立つスタッフらしい若い女性が言った。すぐそばの控室に美穂たち家族が案内されて入っていくのを見ながら、稔は「トイレはよか?」と、腕を組んでいっしょにあるく浩に声をかけた。

「うんにゃ、よかよ」と浩は言った。「加代子姉ちゃんたちに挨拶してから行こうかな」

「浩くん、稔くん」

そのとき、後ろからこう呼ぶ声がした。

「ああ、ご無沙汰しています」と稔は声の主のほうへと振り向いて言った。

「ねえ、佐恵子姉さんのお葬式以来でしょ？　久しぶりで。小説、いまも書いてますか？」

「まあ、まあ書いてます」と稔は、喉元まで出かかっていながら、そしてそのかおが、いまはもう居ない祖母、母の育ての親の吉川佐恵子の親類であることを、たしかに示しているというのに、どうしても名前が思いだせないまま言った。

控室の前が混雑していたのと、式場のスタッフたちが部屋をのべつ出入りしているのとで、稔たちは通路に立ち止まっていた。その渋滞のあいだに「浩くんも、久しぶりです」と相手は、つづけて言った。

「徳山のおばちゃん」と稔は、相手がだれなのかを浩に教えた、佐恵子の生まれた土地の名に、近しい間柄であることをあらわす「おばちゃん」と付けることで名前こそ出ないものの、しかしその呼称であればあながちまちがいというわけでもあるまいと思いながら。

「ああ、どうもお久しぶりです。おばちゃんは……元気にしてましたか？」

「ありがとうね。ちょっと入院してたけど、こうして知香ちゃんの結婚式に呼んでもらってね、おかげさまでね」

「そうですね、コロナにも幸いにいまのところは……ぼくも稔も罹っていませんし」と浩は言った。

稔は腹の中で《浩も思いだせんでおるな……》と考えて、マスクの中でかすかにほお笑むと、「ありがとうございます、ほら、浩」と、どうやら自分たちのために外に立ち扉を開けてくれたらしいスタッフの男に頭をさげて言い、控室に入った。

「よく来てくれたね、遠方から」と椅子に座る隅広加代子が、稔と浩を見て言った。「新幹線代、帰りは出すよ」

「うん。あ、どこに座ってもいいと？」

「そうそう。お茶飲む？　コーヒー？　オレンジジュースもあるよ」

「浩、どうする？　あ、紙コップね」

「うん、紙コップ。お茶碗もあるよ」

「これはなんやろか？」と稔たちよりも先に控室に入り、椅子に座っていた多津子が言った。「ペットボトルの水やろか？」

「ちがう。消毒用のジェル。ほら、コロナ対策の」と美穂が言った。

「へえ、こがんとのあるとね」

「使っていいとよ、ひとり一個あるみたいやけん」

「うんにゃ、使わんとばってん。そうね、ひとり一個あるとね」

「お、これがおれのコップやったか？」とテーブルに置かれている、なにやら白い色の液体が入った紙コップを見下ろしながら、哲雄が言った。

「そう、それ」と彼の妻の千佐子が言う。「だってお父さんしかスープ飲んでないから」

「それなに？」と稔が哲雄の手にした紙コップを見て言った。

「ポタージュかなにかやったかな、まあスープよ。朝飯食わんやったけん」と哲雄は言った。「おう、そこ座れ」

「あ、お水もらっていいですか？」

浩が室内のだれにでもなく、またどういうわけかかしこまった口調で言うのだったが、それはしゃべる者たちがたくさん居たために、給仕を買って出ているのがだれなのか、またさきほど加代子から飲み物をすすめられたことが、とりとめのない会話の中で忘れられているのではないかと思ったためであるらしい。

「じゃあ浩が座んない《なさい》。そう、哲ちゃんの隣」と浩を椅子にいざないながら、稔が言う。

「水でいいと？　オレンジジュースやらもあるよ」

そして中央に置かれた机に逆さに積まれた紙コップを手に取ると、彼は訊いた。

「水がいい。あ、稔、トイレに連れていってもろうていい？」

「はいよ。座るまえに言うてくれたら……まあいいたい。水ば飲んでから行く？」

「そうねえ……いま行こうかな」

「失礼します。コートはあちらに預けていただくことができます。コートお預かりしましたさいにですね、コイン型のプレートをお渡ししますので、そちら、コートを受け取るさいにお持ちになってですね、スタッフにお渡しください」

部屋に入ってきたスタッフが、室内に居る全員に向かって言った。

「はいよ」と明義が言った。

「それとですね、新郎新婦それぞれのご親族の方々の顔合わせ、それとセレモニーと写真撮影がこれからございますが、こちらの部屋には戻ってきませんので、お荷物などはみな持ってですね、会場のほうに移動していただきますようお願いいたします」

「ほいよ」とまた明義が言う。

説明が終わり、小さく会釈をしたスタッフの前を通り、部屋の扉を開けながら「あ、すみません」と稔が言った。「トイレのあとでコートば預けようか」

「そうしようかな」と彼の後ろをついてきながら、浩が言った。

浩をトイレに連れていった稔が、控室に戻ろうとしていたとき、「稔」と加代子の夫であり、知香の父親の昭が通路をあるいてきながら、呼び止めた。

「え、燕尾服?」と稔が、昭の服装を見て言った。

昭はポケットから煙草を取りだしながら「なにが燕尾服か。モーニングだよ」と言い、それから顎で外の庭をさし示した。「一服しに行かん?」

「うん。あ、奈美」と、部屋に入っていこうとしている妹を見かけて稔が言った。

「なに?」

「ちょっと、ヒロくんば」

「部屋に？」

「うん、お願い」

「はいはい、ヒロくん」

そう言うと、奈美は兄の腕を取って控室に戻っていった。

中庭の屋根がかかる通路に喫煙所があって、外はよく晴れていた。しかし、寒かった。そのためか喫煙所の灰皿のすぐ目の前には大きなヒーターが置いてあり、日差しのなかでゆらゆらと熱気が立ち昇っていた。春先だが、空の青色にはまだ冬の不透明な表情が、置き忘れられたように残っていた。

「知香は？」と、椅子に腰かけた稔は煙草に火を点けながら訊いた。

「いまもずっと式の段取りの説明受けてる」と隣の椅子に座った昭も、煙草を口にくわえて言った。

「ギリギリまで？」

「そう、大変だよ」

「ねえ」

「ほんとに大変……おれも泣かないようにしないと」

「泣いていいっちゃない？」と稔は笑って言った。

昭も口元に笑みを浮かべながら、胸元からハンカチを指先に挟んで手に取り「泣いてもいいようにハンカチは用意してきてる、おろしたての。でもさ、新婦側だけ父が号泣って言われたら、かっこわるいじゃん」と言った。

そうして、互いの沈黙のあとに「きょうだけでもう十本は吸ってる、落ち着かんでさ」と言いながら立ち上がった昭は、建物の中に入っていった。

稔の座る椅子から、少し離れたところにも灰皿が置かれており、どれも一様にスーツ姿の、しかし歳は十代や二十代とおぼしきかおの中に、四十過ぎらしいのがひとり、ふたりと混ざった男たちが、輪になって話していた。

「合コンげな、もう行かれんもんな。おれも良い歳ぜ？」

「いや、行きましょうよ、そこは」

「嫁に愛想つかされとるけんな、こいつ。アプリで会っとーのがばれて」

どうやら道を隔てて別の披露宴会場があって、煙草を吸うためにここまで流れてきたらしい。酒を相当に飲んだのがあきらかな、陽気で、たのしげな口調で彼らはもっぱら男同士が面白いと考える話ばかりをつづけていた。

「〇〇おじちゃんには、おまえ会ったことなかったろ？」

「はい、初めて会いました」

「昔はモテよったもんな、あのひと。話ば聞かせてもらっといたほうがいい」

「バツいちの単身赴任ですもんね、〇〇のおじさん」

「おれのことも言うたやろが、暗に。言っときますけど、おれはバツさんやけん」

「○兄ちゃん、それ自慢にならんって」

《ああいうのが親戚に居たら、なにかと大変やろうな》と、会話の中で中心にいる、日焼けした肌と茶色に染めた頭の男の声を聞きながら、ぼんやりと稔は考えていた。美穂や奈美と同様、彼も眠たかった。きのうの、関東から福岡まで新幹線に乗ってきた、座りっぱなしだったことの疲れが取れていないのを、彼は感じていた。履き慣れない革靴のせいで足の裏が痛かった。首元がきつい。《すこし痩せんといかんな……》こう、彼は切れ切れに考える、というより、考えることが面倒で脳裡に浮かぶ想念を眺めていた。そして、見るともなしに見ていた隣の建物の屋根の上を鳥が飛んでいるのに、彼は気がついた。

鳶だった。風を受けて反り返るようにふくらむ羽をまるでうごかさず、ゆっくりと空を旋回していた。と、稔は幼い頃の、ある光景を思いだした。それは美穂の生まれた家のある、長崎の離島に盆の休みを利用して帰省したときの、まだいまのようには暑くなかった、ひとむかしまえの夏の、朝の早い時間のことだった。

稔が島に来た日は、ちょうど奈美と浩の習い事の発表会があり、ふたりの子供の練習の成果を見届けなければならぬ、と美穂が福岡に残った。そのため習い事をしていなかった稔は父に連れられて、一足先に帰省していた。それで帰ってきて、美穂の育ての母である佐恵子（産んだのは敬子だったが、末っ子の美穂だけ子のなかった兄夫婦にやられたことでふたりの母を持つことになった）の家で一泊した翌日だった。目を覚ました稔は、父が寝間着から着替えて外に出ようとしているのを見た。どこへ行くのかと訊くと、朝食ができるまでの暇つぶしに散歩に行くのだと父は言う。

それから、息子に向かって、いっしょに来るかと言った。台所に立つ佐恵子は、父と散歩に行ってくると大急ぎで着替えた孫から言われて、じきにご飯が用意できるから、あまり遠くへは行かないよう釘をさした。

どこに行くの？　サンダルを履いて外に駆け出た稔が訊くと、どこでもいい、と父は言って、息子とおなじくサンダル履きの足を、家のすぐ傍にある坂道に向けてあるきだす。

「おう、移動するてぞ」

煙草を吸い終え、控室に戻ろうと通路をあるく稔を見かけた哲雄が言った。

「顔合わせ？」

「うん……荷物はまだよかったですかね、置いとって」と、稔の問いかけにうなずいた哲雄は、控室の傍に立つスタッフに訊いた。

「はい、いえですね、このあとセレモニーと写真撮影がございますので、それでそのまま披露宴会場に向かっていただきます。なので、もうこちらに戻って、というのができないものですので」

「おお、そうやったそうやった。全部持っていかないかんな」

「ミーくん。ヒロくん」と部屋から出てきた奈美が、支えていた兄の腕を稔のほうに伸ばして言った。

「うん。ほら、ヒロくん」と稔は言って、宙に持ち上がった浩の手を取って自身の腕に絡ませた。

「一服できた？」と浩が言った。

「まあね」と稔は言った。

五歩ばかりおくれてあるく稔の方を振り向きもせず、まるで行き先などは最初から決まっているのだというように、父は坂を登っていく。

それまで自分の足許を見ていた稔は、かおを上げた。そして、父の向こう側の道に目をやった。坂道は、ずっと上にある山の中腹の寺までつづいていたが、途中で一本の、山に沿って曲がりくねった車道が横断していた。車道は右に行けば下り坂で、漁協や波止場、それからいまはもうこの世にいない祖父が持っていた納屋などのある原っぱに辿り着く。そちらに下っていくのだろうか、と稔は考えていたが、父はかおを左側に延びていく上り坂に向けた。

あっちの道に行くのか、疲れそうだな。

稔の胸中の声が聞こえでもしたように、父は振り向いて息子のかおを見つめた。そして、自分はこれから左のほうをずっとあるいていくが、おまえは戻ってもいいんだぞ、と言う。

「後ろの席に座るのが、まず叔父の大村明義です、その隣が叔母の美穂です……次にいとこにあたる、ええ、一遍に大村浩、稔、奈美です」

そう知香が言うと、「一遍に、が良い」と美穂が言って、笑い声が新婦側の親族が居並ぶ長椅子で起こり、それに付き合うように新郎のほうでも控えめに笑う声が響いた。

「うちからはわたしだけで、ちょっと寂しいね」と、徳山のおばちゃんが小さくつぶやいた。

「そうだね」と、前列に座る昭がその声を拾って言った。「もうみんな居らんから」

「お父さん、もうちょっと端に行かれんと？」と美穂が、隣の明義にささやいた。

「これのあるもん」

そう明義は言うと、長椅子の端に置かれた花を手に持ち上げた。

「いや、別に花をどかさんでも」と、夫が手にした物を床に置こうとしたのを見て、美穂が小声で言った。

「花があると？」と浩が横に腰かける稔に訊いた。

「うん、ほんとうのじゃなくて飾りの……花の形のライトがおれの傍にもあるよ」と答えた稔は、知香が名前を挙げるたび、こちらに向かって小さく頭を下げる新郎の親族の横顔を眺めながら、また、美穂の動作に合わせ、礼に応じて頭を下げながら、一本道をあるいていく父の背についていった。

朝の空気は湿り気を含んでいて、汗をかいてもいないのに腕がひんやりと濡れているような感じがした。それを不思議に思った稔は、前をあるく父とその先のなだらかな上り坂に目をやった。坂道は、煙で覆われたように白く霞んでいて、それればかりでなく、ガードレールを隔てて少し下ったところに広がる棚田や、家々の瓦屋根や軒先に植わった柿や栗の木々の周りにも、その白いもやが立ちこめているのを見た。はじめ彼は、どこかの家の庭先で焚き火でもしているのだろうと考えていた。そうではないと気づいたのは、足を進めるうち、いつしか父も自分も霞のなかに包まれているのに、なにかを燃やした臭いがしなかったからだった。雲が降りてきているみたいだ――彼は、この不思議な体験を口に出してみずにはいられず、言った。

うん、朝の冷気で降りてきているんだろう、と別段それが体験に値することだとも思っていない、そっけない口調で父は返事をした。歩みを速めた稔は、横に並んだかおを見上げるのだったが、辺りを包む雲のために霧がかかっている父の表情は、どこか定まらず、怒っているようにも、笑っているようにも見せている。

「ふふ、加代子姉ちゃん」と奈美が、立ち上がった拍子に横の美穂にだけ聞こえる声で笑って言った。

「加代子姉ちゃんがどうしたって?」

「放心状態。昭おじちゃんは涙ぐんでたし」

そう聞いて、美穂も笑った。

「どこかに行くと？　それとも、ここで待機？」と周囲の者たちが一斉に立った物音に気づいて、多津子がだれにともなく訊いた。

「タッコ婆ちゃん、いまはこれから写真撮影でね、前の方に移動してますよ」と、優子の妹の洋子が言った。

「その声は、洋子ちゃん？」

「そうです、お久しぶり」

「へえ、ほんとね、こりゃ久しぶりたい」と多津子が言ったのに、「タッコ婆、バスん中にも洋子姉ちゃん居ったとぞ？」と、長椅子から通路に出て、浩の手を引いていた稔が言って笑った。

「ではマスクは外してくださーい、せっかくのね、大事な瞬間ですからねー」と雛壇を模した場所の脇に立つカメラマンが言った。

「どこに立つ？」

「おお、外が晴れてきた」

「〇〇おばちゃん、こっちどう？」

「もっとぎゅっと、肩と肩が当たる感じでお願いしまーす」

「元気な者が上ね、段があるけん」

「目ばつぶらんようにね？　あんた卒業式のときもそうやったけんね……」

新郎新婦の親戚たちの声が飛び交い、そしてそれはしだいに、もう儀式ばった沈黙をつづける必要もあるまいと安心しているのが明らかな、遠慮のないものになっていくが、長椅子のあいだの通路に陣取ったカメラマンの「はい、ではー、撮りまーす！」という声によって静まりかえった。

撮影の姿勢をとったカメラマンは、「右側の後ろの列の男性のかたー、マスクは取っていただいて、そうですね、手に隠して持つ感じ……はい、お願いしまーす！」と片方の手を新婦の親戚たちが居並ぶほうに伸ばして言った。

「お父さん、マスク！」という美穂の押し殺した声のあとに、「わかっとる」という明義の返事が、ひとびとが身じろぎして服同士の擦れる音や床の軋む音のあいだから聞こえた。

道の前を覆う白の景色の向こうから、けたたましい音が聞こえてきた。やがて、うっすらとトラクターの車体が見え、それを運転する帽子を被った男のかおが、父と稔を交互に眺めていた。おはようございますと父は言った。しかし男は、もやの中で出くわした親子らしいふたりを訝しそうに見やるばかりで、なにも言わずに通り過ぎていった。そのすれちがう瞬間に、稔は男と父、それぞれの横顔を盗み見た。父は気にも留めない様子で、それどころか、どこか楽しげな目と口元をしていて、トラクターの大きな後輪が道路に落としていった土塊《つちくれ》を避けてあるいていく。

「黒毛和牛のロースのロティにね、フォアグラファルスを添えてっていうのがメインで……で、ええとハーブのサラダがいっしょに、ね？」と奈美はテーブルに置かれていた料理のメニューの紙を持ち、自分の右隣の席に座る多津子のために、目の前に置かれた料理の説明をしていた。

「なにを添えてって？」

多津子は首を前に出して、どうやら食べ物が続々とテーブルに並べられているようだが、なにぶん目がわるい彼女には、皿もテーブルクロスも白一色であるため、まるで見分けがつかずにいた。ただグラスだけは倒してはなるまいと、片方の手でワイングラスをおさえたままの格好で訊ねるのだった。

「フォアグラファルス」

「なんね、そら？」

「なにって……ねえミーくん、フォアグラファルスってどんな意味？」

「フォアグラをファルスした状態のことやろ」と、披露宴がはじまってから一時間ほどが経ち、ビールを三杯干していた稔は笑って言った。

「なんば言いよるか」と、彼の左側に座る明義が鼻を鳴らして言った。

「それがここにあるやつ？」と多津子が、皿の上にかおを落として言った。

「そう、いや、それはパン」と、やはり多津子の隣、奈美の反対側に座る美穂が言った。

「稔、これは？」

奈美の左、稔から見て右の椅子に腰を下ろしていた浩が、そろそろとテーブルの上にある皿の縁を触りながら言った。「これがおれの分のサラダ？」

「いや、サラダと肉はおなじ皿に載っとるよ」

稔は言うと、グラスに手を伸ばしてビールを飲んだ。「ああ、浩。そういや箸もあるけど、フォークで食べる？」

「すいまっせん」と明義がテーブルの傍をあるくスタッフに声をかけた。「焼酎のお湯割りば、ひとつよか？」

「お父さん、いかんってば」と美穂が言った。

「癌になっとる者が焼酎飲むてすると？」と多津子もあきれたように言った。

「うん、経過は順調ですもん」と、腹をさすりながら明義が言った。

「どうしましょうか。ノンアルコールのビールもございますが」とマスクで口元を覆ったスタッフは、癌ということばを聞いたからか、助けを求めるような声色で美穂に訊いた。

「ノンアルコールビールをひとつ、ね、お父さん、よかろ？　あ、すいません、やっぱりふたつ。稔、あんたはなんか飲む？」

「ビールください」

「なんがノンアルコールか……」とつぶやくと、明義は立ち上がろうとテーブルに両手をついた。

そして「どこ行くてしよると?」という妻の問いかけに、「しっこ」とだけ言った。

「ミーくん、ほら」と奈美が言った。

「おれも付いてくよ」

そう言って立った稔に、明義はいかにも年寄りらしい柔和と従順の色をたたえた——そのどちらも、息子にとって父の表情に見出すたび、慣れない気持ちをおぼえさせる——瞳を向けると、一言「そうや」とだけ口にした。

椅子を後ろに引こうとしてできず、また引き出物を足許からどかそうと屈みかけて腰が曲がらずといった具合でぐずぐずしていたから、手を貸しながら稔は、「トイレは、あっちの扉から行かれるよ」と言って父の、スーツの上からでもわかる、細く柔らかい腕をとった。

トラクターが通ったあとには、もうだれともすれちがわなかった。佐恵子の家を出てから二十分以上は経っていた。蟬はまだ鳴きだしておらず、あるいてきた坂のずっと下のほうからは、ねぐらを飛び立ったばかりらしい海鳥の鳴き声がときどき聞こえていた。湿った空気のなかに、牛の糞の臭いが混じっていた。父は一言も喋らず、そのために稔のほうも物言わずあるきつづけ、辺りのもやに包まれた風景を、彼はただひたすら耳と鼻だけで集めていく——そんな、ふたりであるいているのにすこしも口のうごかない散歩だった。

ふと、稔は辺りを見まわした、やけに鳶が多いように思われて。島にいる当たり前の鳥であり、ふだんならば格段気にするというのでもない。しかしこのときは、はるか高い空にも、また漁師家の建ち並ぶ村の前の湾の上にも、彼らの住処であるらしい村はずれの木々が生い茂った岬の上にも数えきれないほど、まるで胡麻をばらまきでもしたように、鳶たちが飛び交っているのを彼は見出した。と、あるいている脇の、道に沿ってつづくガードレールのすぐ下を、一羽の鳶が飛んでいるのに彼は気づいた。

飛ぶといっても、その鳶は羽をすこしもうごかしてはいなかった。円い瞳と閉じた鋭い嘴《くちばし》をまっすぐ前に向け、まじまじと見つめる稔など居ないかのように無関心なさまで、大きく広げた羽の下にふくらませた胸を呼吸のために震わせていた。お父さん、鳶！　こんなに近くで見ることは初めてだった、それも羽ばたかず、まるで空中に釘付けにされたように止まった姿を見るのは。しかし父は、うんと言っただけだった。珍しいものでもなんでもないと、声の調子は言っていた。それから稔のほうを振り向くと、かおを上にやって、ゆっくりと右から左に首をうごかした。おなじように稔も見上げた。いつのまにか、自分と父の周囲には数十の鳶が、近くにも遠くにも、集まっていたり、あるいは一羽だけ離れていたりするのもあったが、ガードレールの下から現れたのとまったくおなじ姿勢をとったまま浮かんでいた。父は驚く素振りも見せず、この空中で化石したかのような鳥たちの一群に目をくれ、それから腕を上げると、あるいている先に浮かぶ一羽の羽に触れて横にどかしさえして（触れられても鳶は身じろぎひとつしなかった）、歩みを緩めようともしなかった。

はるか高いところを飛ぶ鳶たちは、どうやら石の時間を過ごしているわけではなく旋回しながら、それでも、あれでどうやって落ちずにすむのだろうかと思われるほどゆっくりと羽をうごかし、彼らの内に具わった舵によって方向を変えながら、あの眠気を誘う鳴き声を上げていた。不意に、父が歌の一節を口ずさんだ。それから横をあるく稔を見下ろして、また繰りかえし――息子の知るよしもない古い流行歌で、その歌詞のなかの「輪をかいた」の部分を「屁をこいた」と替えて歌い、口元に笑みを浮かべる。

「そっちは、外に出るほうの扉よ」

トイレから出た明義が、行きとは異なるところにあるきだしたのを見た稔は、後ろから声をかけた。

「うん」と、明義は応えて言う。「そこから外に出られるとやろ？」

「たぶん、テラスみたいなとこがあるっちゃないかな？」

「そうや」

「お父さん、外で休憩？」と稔は訊いた。

「うん。がやがやしとって、せからしか《さわがしい》もん、あっちは」

顎で会場の扉をさし示して言った明義は、おぼつかない足取りでテラスに通じるドアに向かってあるいていった。それで、稔も付いていき、父の先に立って重いドアを開けた。

「ほら、テラスっていうか廊下か……灰皿があるじゃん」

「お客様」と声をかける者があって、彼は振り向いた。「あと十分ほどでですね、ムービーの上映がございまして、そのあいだこちらの扉からは入場できませんので、それまでにお席にお戻りになっていただくようお願いします」

ああ、はい、と稔は言って、まだドアを出きらない明義の背中に手を添えた。

「なんて言いよったと？」

テラスというよりも、二階の外廊下といった場所に出た明義は訊いた。

「あと十分で戻れって。映像ば見るけんって」

「なんの映像や」

「写真ばパラパラって……知香と裕二郎くんのさ、子供の頃やらの写真ば映すっちゃないかな」

「ふうん、そうや」と明義は言うと、細く平たい鉄で組んだ柵の手すりに両肘を置いた。

日が陰ってきていた。空気が冷えてきたようで、酒を飲んだとはいえ、シャツの上に背広一枚という格好では少し寒く感じられた。灰皿に腕を伸ばせるところに立って煙草を吸う稔を、明義は読みとれない表情で見ていた。

「あ、ほら、お父さん」と稔は言った。

夕方の影にまぎれだしている、向かいの建物の上を指さし、父が視線をその方角に向けるのを見て「鳶が居る。さっきも居ったたっちゃん」と言い足した。

「うん」と明義は言った。

「むかしさ、夏に島に帰ったとき、お父さんとおれで散歩に行ったの、憶えてる？」

「うん、憶えとるよ」

「そのときにさ、すごい数の鳶が……坂をずっと登っていったときに、えらく雲の低く降りてきとって、そのなかをあるいてたときにさ、鳶が周りをふわふわ浮いてたの、おれはいまでも思いだすっちゃん」

「ふうん、そうや……」

「そのときに、お父さんが歌ってた歌、あれ、なんて曲やったと？　なんか、鳶が屁をこいたって、お父さん歌いよったよ？」

「さあ、憶えとらん」と言った明義は、手すりから腕を下ろした。「さて、寒なってきた」

そして、今度は自分でドアを開けて会場に戻っていった。

分厚い、特に大きなひと塊の雲のなかに入ったらしかった。そこには鳶たちが密集して浮かんでいて、そのためにさっき父が道の土塊を避けたようにして、右へ左へとうごきまわらなければならないほどだった。相変わらず父は振りかえらない。と、そのとき道の脇に建つ家の屋根の上から、明々とした朝日が道全体に注いだ。周囲の雲が光を受けて、光のなかでいちどきに沸き立ち、蒸発するかのように輝いた。まぶしさに目をなかば閉じた稔は、自分の前を行くかおを見上げた。父もおなじように目を細めながら、満足そうに溜息をついた。建っていた家の傍に、山を下っていって湾のほうに降りていく急な階段があった。それを稔は使ったことはなかったが、ずっと降りていけば、行きとはちがう道を通って佐恵子の待つ家に帰ることができるのは知っていた。道の前で父は思案するように、休憩するように立ち止まると、稔のほうを振り向いた。ちょうど自分と息子のあいだに浮かぶ一羽の鳶をそっと持ち上げながら、これからまだ散歩をつづけるが、もう食事の準備ができているだろう、だからおまえはもう戻ってもいいんだぞ、と父は言った。

戻ろうか、どうしようか？

そう、稔は胸のうちで考えた。そう、このままずっとあるいて、遠くまで行ってしまったら、きっと帰りが遅くなる。それでは婆ちゃんを心配させてしまう。けれども、父から離れて家にひとりで帰るのが、なんだかわるいことのように思われてもきていて、この逡巡はごく短いものだったが、それでもサンダル履きの足許に目を落とした息子の返事を、辛抱づよく父は待っていて、「元気よね、向こうの親戚はみんな」と、行きと同じように稔と浩の前の座席に座る美穂が、通路を隔てて横に座る奈美を相手に話している。「あのひと、お爺ちゃんだったの？ 裕二郎くんの祖父？」と奈美が言う。「そうよ、お爺ちゃんだってさ。見えんよね！ カメラ持って席のあいだをあるきまわって」「ね、元気よね」

「それにくらべて、こっちは身体のわるいとのばっかし」と美穂が溜息をつくように言うと、「そろそろ大村家の前に到着するよ、降りるのは？」と千佐子が暗い車内から言う声がし、「わたしと明義ー」と美穂が言う。どうすればいいのだろう？　いっしょに付いていったほうがいいのか、父は、いっしょに来てくれると思っているんじゃないか。それとも……「じゃあ、美穂。明義さんも……十日後やったかな？」と哲雄が言い、「うん？　おお、経過ばちょっと診るだけね」「つぎはあんたの快気祝いばせんと」「おう、哲ちゃんも、また」と明義が返事をして、いつでも立ち上がれるよう前の座席に右手をかけるのを見ながら、そうだ、婆ちゃんが心配するからな。やっぱり、家に戻らないと……「ミーくん」と奈美が言う。え？　「お父さんが転ばんようにさ、バスの下で待っとってやったがいいっちゃない？」ああ、うん。返事をした稔は、音を立てて開いたバスの真ん中の乗降口から、すっかり日の落ちた夜の道に足を下ろすと、十歩ほど先の暗がりに佇む実家の玄関に目をやりながら、階段を下っていく。やがて雲のなかを抜け、太陽の光が、左右に建つ家々の窓ガラスや道の脇の溝を流れる水に反射して、これからまた、夏の暑い一日がはじまることを告げるように、どこもかしこも輝きだすのに呼応するみたいに蟬が一斉に鳴きだして……「もう戻ってもよかよ」え？　「あとはうちが玄関まで連れていくけん。ここで時間かかったら、兄ちゃんたちば降ろすのも遅くなるけん、あんたはバスに戻っとってもよかよ」と、明義がゆっくりと乗降口の段差に足を下ろす傍で、前に転がり落ちでもしないよう、腹の前に腕を出し、もう片方の手で腕を持ってやりながら、美穂が言う。

「あしたの新幹線の時間は？」ああ、一時半とか、そのあたりの時間やったと思う。「わかった、時間のまえに迎え行くけん。あとで引き出物、どんなとやったか写真」ああ、はいはい、ＬＩＮＥで送る、あと新幹線の正確な時間も。「うん、あ、あんたのネクタイ、うちが持っとった」ああ、よかよ、福岡に置いとっても。「そう?」うん、はい、じゃあ。「はい、それじゃあ、みなさん、お先にー」じゃあね、お父さんも。「おう」座席に戻る。車内の明かりが消える。エンジンのかかる音が響くのに合わせて揺れだす窓の向こうの暗闇に、両親の姿を探しながら、稔はリズムよくパシ、パシとコンクリートの階段に音をさせながら一歩ずつ下ろしていた足を止め、父のほうを振りかえる。もうずいぶんと上のほうに見える父は坂のつづきを、雲のなかをあるきだしていて、一方で明義は美穂に支えられながら玄関へと向かい、どこまで行ってしまうんだろう? だけど、自分は家に戻らなければならない、そうしないと婆ちゃんが心配するから……遠ざかっていく家に明義が入っていき、父も雲に隠れて見えなくなってしまう。

間違えてばかり

家族があつまって話すもののなかには、ずいぶんと勘違いや記憶違いが含まれている。それに起因して生じる、誤った伝言や会話のくい違いのために、思わぬ二度手間や無駄足で時間を費やすことだって、これもずいぶんとあるものだ。いやむしろ、正確に記憶していることのほうがすくないぐらいだったが、案外とどうにかなる。帳尻合わせのタイミングさえ逃さなければいい。その瞬間というのは、気負って待つ必要は特になく、これも案外と、しぜんに合うことが往々なのだった。それでうまくいってしまうものだから、ひとは勘違いや記憶違いを繰りかえすのかもしれなかった。また間違えた！ まあ、でも、どうにかなったから良しとしよう——こういった具合に間違えながら、そしてなんとかなりながら、なべてその日その日をやっていくのだった。

内山敬子は自室に引き上げていた。長崎の離島の村で長いこと、そう、夫の宏を亡くしてからというもの、ほんとうに長いあいだひとりで商店を営んでいた敬子は、歳を重ね、足腰も弱り、それでも十年ほどまえまでは、どうにか店を切り盛りしていたのだったが、いまでは自室のベッドでうとうとして日を過ごすことが多くなっていた。その衰えていくさまを、毎年の盆暮れの帰省や法事などで会うたびごと、注意深く見守り、また電話で話すさいには、その声や内容に耳をすましていた彼女の子供たちは――といっても三人の子供たち、上から哲雄に加代子に美穂といった者たち全員が、とっくに還暦を迎えていたが、そう、とにかく彼女がもはや商いをつづけることも、また店と住居のいっしょになった、広い家でたったひとり暮らしていくこともできないと判断して、かといって店を閉め、島から老母を連れだして老人ホームに入れるのは三人ともいやだったから、それぞれが交替で家のある福岡から生まれ故郷である島に帰って、敬子といっしょに寝起きをしようと決めた。

ただ子供たちのうち、美穂は最近島に渡ってこられずにいて、それというのも明義が癌になり、入院と退院を繰りかえし、また定期的な検査で頻繁に病院通いをするのに付き添う必要があった。加えて、飼っている猫が老齢でもあったから、福岡の家を長いあいだ空けて敬子の世話をするわけにいかないのだった。だから近頃は、それまで福岡でともに暮らしていたひとり娘の知香《ちか》が去年結婚して、配偶者と関東に移り住んだのと、昭が定年退職をしていたことで時間に余裕のある加代子が、もっぱら敬子の家に泊まりこんでいた。昭もたびたび加代子といっしょに島にくるうち、すっかり釣りを趣味とするようになって、なかでもイカ釣りが面白いと言って夜明け前に起きだしては、竿をたずさえて島の波止場に向かった。それで彼は、いつも釣りを終えて戻ってきてから、だいたい昼食後が多かったが、二、三時間ほど敬子の家の居間に置かれたベッドの上で仮眠をとるのがならいとなっていた。八月の第二週に入った暑い日盛りの午後で、わざわざこの時間に日光のもとをあるいてくる客もなかったから、昭の午睡をさまたげるものもなく、居間には彼の小さな鼾とエアコンの音、それから段差と壁とガラス障子で居住空間と隔てられた店内の、食品や飲み物の並べられた大型の冷蔵庫がときおり立てる「ブンッ」という音が聞こえていた。居間の横には台所があり、そこにはさっきまで加代子が昼食後の洗い物をするために立っていたが、彼女は皿を片付けてしまうと、タオルで手を拭き拭き勝手口のドアからおもてに出ていったままだった。どこへ？　と思うまでもない、すぐちかくに加代子は居た。店の外の通路の、日のよく当たるところに数多くの鉢植えとともに物干し台が置かれていて、そこからタオルや服を伸ばす「パンッ」という音や、ハンガー同士がぶつかって揺れる「カラン」という音が、窓と障子をぴったりと閉め切った敬子の部屋にも聞こえていた。その部屋で敬子は、昭とおなじようにベッドに横たわり、ごく小さな音量に設定された液晶テレビを観るともなく眺めながら、ぼんやりとしているのだった。

その部屋、もとは店の壁際に倉庫があった場所に、足腰の弱った敬子が風呂場とトイレへとすぐ向かえるよう増築した部屋は、波止場に面していた。ずっと海を眺められる部屋に暮らすのが夢だった老母の願いをかなえるため、哲雄たちが金を工面して増築したのだったが、少々見晴らしが良すぎた。海まではなにも遮るものがなく、窓からまともに日が差しこむため、この時期はいつでも障子を閉めて、壁に取りつけたエアコンをかけていなければ、暑くてとても過ごせたものではなかった。だから敬子は、涼しい風の当たる位置で蒲団を肩までかけ、障子に当たる日光で白くみえる部屋にひとり居た。ベッドの傍には小さな机が置かれてあり、そこに八月まで捲られた卓上カレンダーが彼女の方を向いて立て掛けられている。またニュースの映っているテレビには、新幹線乗り場でインタビューを受ける子供の姿があって、帰省ラッシュという文字が右上に表示されている。それらの視界に入る情報から、敬子は、いまがもう盆に入っているのだと知った。それに、きのうの夕方まえには、加代子と昭と交替するわけでもないのに哲雄がやってきていたのを、彼女は憶えていた。そうだ、もう盆の時期なのだ、ほんのすこしまえまでは、ようやく梅雨入りしたのかと思っていたというのに。《早《はや》さな《い》ぁ……》と、どこかで起きた民家の火事を伝えるニュースに目をやりながら、そう思いつつ、それで今年は、どれだけ家族が島に、家に帰ってくるのだろうかと考えだすのだったが、同時に、舟のことも彼女は思いうかべていた。

舟というのは、いわゆる精霊舟のことだった。島ではむかしから盆の最後の晩になると、仏壇の飾り棚に敷いた菰《こも》で、お供えの水菓子や料理を包んだものを海に流した。食べ物を菰で巻いただけのばあい、潜水艦のような、もしくはソーセージのような円筒形になり、ちょっと舟と言い張るのには無理があるのだった。それに、この舟に乗りあわせるなつかしい死者たちが、浄土に帰るために夜の真っ暗な海ではいかにも不案内だからと、中に蠟燭を灯した小さな提灯が割箸と針金で取りつけられ、また線香の束を菰の真ん中に、これも火のついた状態で突き立てられるならいとなっていた。そんなに物が満載されていれば、とうぜん海面に下ろした途端に転覆し、せっかく点火した蠟燭も線香も濡れてしまったまま、波止場を洗う波に弄ばれることになる。とはいえ、それでかまわなかった、海に入れた時点で、目にこそ見えないが、ほんとうの立派な舟に姿を変えて、土産を手にしたほとけさまといっしょに西方へ発つのだから。だが、敬子の子供たちはこの見解には与《くみ》しなかった。せっかく食べ物を載せ、提灯に線香まで立てるのであれば、そして精霊舟とよぶのであれば、ちゃんと夜の海を漕ぎだしていくように（真っ暗な海上を提灯のぼんやりとした明かりが揺れていると、たしかにだれかが漕いでいるように見えるのだった）、投じて早々に転覆しない形にすべきだ――子供たちのうち、特に美穂がそう主張する結果、毎年盆の最後の日の夕方ごろから、昭がベッドで昼寝をしている居間の畳には舟を作るための材料が用意された。それは、店の品を棚にだしたあとに残った段ボールだった。これをカッターと紙テープで、舳先らしく見えるよう先端をすぼめたり、提灯が上にあってもバランスを保てるよう、なるべく船底を平らに幅を広くしたり、線香が倒れないように細く切った段ボールを横ざまに添えたりと、あれこれ工夫を凝らした。じっさいに舟を作るのは美穂たちではなく、その子供たちだった。美穂の息子である稔や、知香と彼女の夫の裕二郎といった者たちが畳に座りこんで作るのを、美穂や昭が出来具合を監督し、舟だったらさ、やっぱり前を、こうしないと、などと言ったり、それでは食べ物が全部載らないではないか、横に渡した段ボールを増やして補強したほうがいいのではないか、と横から口をだしたりした。

　それで――そう、敬子はきょうがもう盆であると知ったことで、連想して舟を思いうかべたのであった。《だぁ《誰》の帰ってきとるとやったかなぁ……加代子と昭さんな、もうこっち居《お》って、哲雄もきのう帰ってきたごたるけん、それに……そうよ、美穂に浩に稔に奈美ちゃんに……あんしと《あのひと》たちは、あっちの家さ《に》な、吉川のほうさな居るとたな……》――このように一方では、だれが帰省するのかを考え、もう一方で舟のことを思っているせいで混淆に敬子はさそわれた。そしてそれが、ぼんやりとしている意識のもとでは、あまりにしぜんであったため、彼女は気づきもせず、《だぁの帰ってきとるとやったか……哲雄に千佐子さんに、優子は大阪からやけん、日ぃの間に合《お》うたとかなぁ……それから美穂、加代子に……多津子も帰ってきとるとやったかなぁ……オジジにオババに、知香と、それから知香の夫、奈美、奈美は、結婚はまだしとらんじゃったかなぁ……父ちゃんに母ちゃん、明義さんもきとるやろか、そしてトー兄、佐恵子姉さん……宏くん、勲さん、稔に浩に……》と帰省してくる者たちと、この時期にだけ帰ってくる死者たちを混ぜこぜにしながら、胸のうちで挙げていった。

「暑《あっ》さぁ《い》、外めちゃくちゃ暑いよ！」

「おう、ビールあるぞ」

そう話している声が、台所から戸を隔てて敬子の部屋まで聞こえてきた。《哲雄の話しよるとは、だれの声やろか？　明義さんの声やろか？》と一方の声は自分の息子のものと聞き分けつつ、もう一方がだれなのか敬子にはわからなかった。それで彼女は、自分の娘の夫である明義が台所に入ってきたのだろうと考えていた。

敬子の記憶どおり、哲雄は島に帰ってきていた。二階の仏壇が置かれた畳敷きの部屋に枕をだして寝転がり、冷房の真下でテレビを観ていたのが、病院で処方されていた薬を服むため台所まで降りてきた彼は、そこで店の外の廊下に通じるドアを開けて、入ってきた稔と話しているのだった。

「どうね、掃除は。捗りよるね？」と今度は、洗濯物を干し終えて戻ってきたらしい加代子の声がした。

「一階は終わった。でもね、二階の蒲団が干されんっちゃん。ベランダの向こうに生えてる木にさ、やたらとオオスズメバチが飛びまわりよってさ」

「それでどうしたと、蒲団はもう干さんで、そのままにしとると？」と加代子の声が訊く。

「仕方ないけん、窓は網戸にして換気してさ、蒲団は畳の上にだしてる、日の差すところに広げて……ビールって店の冷蔵庫にあると？」

「この時間から酒飲んで外なんかあるいたら脱水症状起こすよ」と、あたらしい声が不意に聞こえた。《昭さんも居るごたる……》と、その声の主がだれなのか気づいた敬子は考えた。「室内だって暑いんだからさ。ポカリの大きいやつも、いっしょにもらっていったらいいよ、あっちの家には飲み物がないじゃん」そして昭は、ふたたび午睡のうちに赴こうと寝返りを打ちながら、そう言い添えた。

「ビールは敬子婆の部屋よ。冷蔵庫んなかに冷えたとのある」と哲雄の声が言った。

「敬子婆ちゃんは起きてるの？」

「寝とるやろ」

そう、稔と哲雄は言った。しかし、敬子は起きていた。この頃は家族の者たちから、とかく眠ってばかりと思われていて、そっとしておかれるものだから、じっさいに寝入ってばかりになってしまってはいた。だが、いま彼女は隣の部屋で声が聞こえだしてからというもの、すっかり目をさましていた。それに頭も明瞭だった。腹が減ってもいたし喉も渇いていた。だから、台所に出ていって何か食べ物を緑茶といっしょに口に入れたいと思ってもいた。しかし、歳をとってからというもの、ひとたび身を横たえてしまうと、それも身体が沈みこんでいくような厚手の蒲団であったりすると、なかなか起きあがることができなかった。心臓の鼓動も呼吸も小さく浅く感じられ、手足にも力が入らない。起きなければ、と思っても、三十分から一時間はじっとして、大きく息をついて勢いをつけなければ、彼女は枕から頭をあげられないのだった。やがて部屋の戸口まで近づいてくる足音が聞こえて、引き戸が開いた。「おーい、敬子婆ちゃん。入るよ」

タオルを首にかけ、腹や腕のまわりが汗で黒く濡れたオレンジ色のTシャツと、それから白っぽいズボン姿の男が自らを呼ばわってあらわれたのを、横たわる敬子は胸元にかけた蒲団の向こうに見迎えた。

「おーい」と敬子は返事をしながら、皺だらけの厚ぼったい瞼が閉じようとするのを、どうにか開けようとしてまばたきをした。それから彼女は「み、ひ……」と、口のなかでもごもごと言った。

「外は暑か？　ヒロくんよ」そしてこうつづけて言ったあとで、敬子は自分が名前を呼び間違えたのではないかと気がついた。美穂の息子である稔と、その兄の浩の名前が、いつも敬子はどちらがどちらなのか忘れがちなのであった。いまも彼女は、目の前の汗みずくになっている男の名が、きっと稔であったとは思うが、そう考えつつも、彼女はつい「ヒロくん」と……あるいは、ずっと昔に死んだ夫の名前とおなじだから、つい「ヒロシ」と、かつて呼び慣れたほうが口をついて出てしまったのかもしれなかった。

「うん、暑い暑い。暑いどころじゃないよ」敬子から名前を間違えられることには慣れていたから、稔はあえて訂正せずに、そう言った。

「ビールば飲むてしよると？　この時間から……ミーくん」と、今度は間違えることなく稔を愛称で呼んだ敬子は、部屋の隅の冷蔵庫から彼が缶ビールを取りだしたのを見て言った。

「うん。一本だけね」と稔は言って、敬子の傍に立ったまま缶ビールに口をつけた。「まだ、吉川の新しい方の家の掃除が終わっとらんけんさ、また戻って掃除機をかけないといかんっちゃん。お風呂だってお湯が出るかどうか、プロパンの栓を開けてみないかんし」

「そうや……」と敬子は言った。それから彼女は、幾分か早口で稔が話したことを反芻するように俯いていたが、「みんな、美穂たちゃ、あっちに居ると?」そう不意に訊いた。

「あっち? うん、まだあっちに居って、まだ来んよ。こっちにはね、おれだけ先に来とるけん」と稔は言った。

ところで彼は勘違いをしていた。美穂を含む自分の家族が「あっち」に居るのかと敬子が訊いたのを、彼は、この長崎の島にある家ではなく、母たちのふだん暮らす福岡に居るのかどうか訊かれたと思いこんでいた。だが敬子が「あっち」と言ったのは、先ほど稔の口にした〈吉川の新しい方の家〉を指しているのだった。吉川とは、敬子がそこで生まれ、そして内山宏と結婚するまでのあいだ暮らしていた家のことで、いま彼女が寝起きする商店を兼ねた家から、あるいて三分とかからないところに二軒、ほとんど隣り合って建っていた。二軒というのは、まず敬子がオジジと呼ぶ祖父の吉川文五郎が手に入れ、ひとり息子の十三郎、孫の智郎《ともろう》と、男が継いで家長に納まってきた家があった。敬子はここで育ったのだった。もう一軒は彼女の兄である智郎が、いま住み暮らす生家がいかにも古く、隙間風と雨漏りに悩まされてもおり、また改築をしようにも、妻の佐恵子とふたりだけで暮らすには広すぎたから、いずれ引っ越して過ごすために、婿となったばかりの明義の援助を受けて新しい家を建てたのだった。家族のあいだでは、この二軒の家のことを、それぞれ〈吉川の古か家〉、〈新しい方の家〉と呼んで区別した。智郎にとってみれば、〈新しい方の家〉に引っ越すのは自分がもっと歳を取ってからでよかったし、それまでのあいだは娘夫婦と孫たちが帰省してくるさいの、いわば別荘として利用できるだろうと考えて建てたものの、この目論見は彼が早くに癌で死んだために実現することはなかった。妻の佐恵子も、古く、あちらこちらガタがきていたとはいえ馴染んだところを離れたがらなかったために、後年には認知症を患って福岡の病院で死ぬのだったが、それまでの長い年月を〈吉川の古か家〉でひとり暮らしつづけた。そうしてついぞ智郎と妻の佐恵子が住むことのなかった家だったものの、なにぶんにもせっかく建っている以上は使わねばならなかった。で、美穂と夫の明義とその子供たちが、島に帰省するさいには、この〈新しい方の家〉で寝起きをするのがならいになっていた。敬子はこの〈新しい方の家〉に、美穂たち家族が帰省してきているのかと訊いたのだった。

それを稔は、「あっち」と敬子が言ったのを、ひとり決めに福岡のことだと解して答えた。敬子にとってみれば、稔がひとりで島にくるとは思わなかったから、しぜん美穂たちといっしょに来ているものと考えたようだったが、他の家族はまだ帰省してきておらず、稔にとっての「あっち」である福岡に居るのだった。じっさいには美穂たち家族のなかで、彼だけが島に居た。関東で暮らしている彼は、夏季休暇を取った兄の浩と共に、新幹線に乗って実家のある福岡に帰ってきていた。それが二日前のことで、次の日に彼は、正月以来会っていなかった友人と博多にでも出かけていって、酒を飲もうと約束をしていた。しかし相手に急用ができたため予定が流れたところ、ちょうど妹の美穂たち一家よりも二日早く帰省するつもりだった哲雄が、暇ならば島まで乗せていくと言った。それで、きのうの午前中に彼は伯父に連れられて船に乗ってやってきていたというわけだった。前日の晩に、美穂は先に島に渡る稔に対して依頼をした。〈新しい方の家〉の扉を開けたら、なによりもまず掃除と換気をすること、それから蒲団を干して、バスタオルも湿気のために臭いがついているだろうから洗い、加えてエアコンが故障していないか、テレビがちゃんと映るのかどうか、家の外に取りつけられたプロパンのボンベにガスが充分あるのかどうかも確認してほしい——そう言われた稔は思わず、「面倒くさ！　やっぱり、おれだけ先に島に行くのやめようかな」と笑みをうかべた。

「そがん言わんで、気張んない《なさい》。関東では、ずうっと座ってばっかりおるとやろけん、たまには身体ばうごかして運動せにゃ」

そう言ったのは桐島多津子といって、稔の大叔母であり、また敬子の妹でもある人物だった。稔と浩のふたりが関東で暮らすあいだに、両親は住むところを変えていた。そのため実家といっても部屋がなく、彼ら兄弟は福岡に帰ってきたさいには、この大叔母の住む市営団地の一室に泊めてもらっていた。稔が〈新しい方の家〉をきれいにしておくよう伝えられたときというのも、新幹線で博多駅まで辿り着いた彼と浩を車で拾った美穂が、多津子の家まで送り届けた日のことだったのである。

「そうや。ほとけさまのご飯やらは、加代子がしてくれよるとやろか？」と敬子は言った。

「どうやったかな、まだ準備しとらんごたるよ」

「そう？　和尚さんの、もうそろそろくる頃じゃなかと？　準備ばせんでよかとやろか……」

なにやら思案げに敬子がそう言うのを聞いていた稔は、ふと思いいたって言う。「うんにゃ、敬子婆ちゃん。お盆はまだぞ？　あさってからよ」

「あさって？」

「そう、あさって。きょうは、まだ十一日やけん」

「そう？　きょうは……」と敬子はカレンダーを見やる。「九……十……十が土曜」

そうつぶやくように言っていた彼女は、かおをあげると「きょうが、十一日。もう、あんまし、日にちのな、憶えきらんとよ」と言った。

「しょうがないよ、長寿だから。敬子婆ちゃんは」

「チョージュ？　ああ、長生きってや」

「うんうん。長生き」

「あんまり長生きしても、仕方んなかもんな。うごききれんで、頭もぼけてきて……」

そう敬子が言うのを稔は黙って聞いていた。そして《やっぱり、ぼやくようになるったいな。九十も過ぎると》こう胸のうちでつぶやきながら、もうじき永久に見ることができなくなる人間を記憶に留めておきたいという、あの、感傷の手前にあるような気持ちが不意にわいた彼は、敬子のかおを眺めていた。

「わが《あんた》、お父さんに似とるね。まえからやったろか？」と急に敬子は言った。

「そう？　似てきたっちゃろうか。かおのこと？」

「うんにゃ。声のさ、さっき、台所でしゃべりよった声の、わがのお父さんによう似とったと。それけん、そう……明義さんの居るとやろうかって思いよったよ」

「ふうん。息子だから喉がおなじ形なのかな？」と稔は言う。

「元気にしとると？　明義さんな。こないだ入院ばしたって、美穂が」

「うん。もう退院しとるよ。そうそう、癌でね」

「癌なあ……どうしてやろかね。煙草ば吸うひとじゃなかったろ？　わがのお父さんな」

「昔は吸ってたらしいけど……まあ、お酒かなあ。いまも飲みよるよ。肝臓癌だったのに」

「飲みよるてや……止められんとね。酒飲みは、死んでも飲むちうて言うばってん」

「飲んで酔っぱらって、ずんだれとる（だらしのない、締まりのないさまを島ではこう言うのだった）よ。お母さんがいっつも怒ってる、床でもトイレでも、どこでん倒れちゃ寝るけんって」

そう稔が言うと、敬子は「ええ？　ずんだれとる？　自分の父ちゃんば、ずんだれってや……そがん、息子に言わせて、情けなかなあ」と彼のことばを繰りかえした。すると、その口元がゆっくり笑みによって開かれて、やがて引き攣るような甲高い笑い声が喉から洩れるのを、彼は聞いた。

「そういえば、お酒って言えばさ……」と敬子のかおにうかんだ笑みを、写し取るように笑いながら稔は言った。「吉川の家は昔は酒屋ばしよったって、まえに聞いたことがあったけど、扱ってたのはお酒だけ？　それとも、おつまみとかも売ってたの？」

稔は島に来るたび、敬子に往時のことを訊ねることを習慣にしていた。それがいつ頃からはじまったのか自身もう思いだせなかったが、いつも彼は、話を聞くあいだ携帯電話のメッセージアプリをメモ代わりにして、敬子のかおと液晶画面を交互に見つつ、忙しく指をうごかして、声を追いかけるように文字を入力するのだった。

「うんにゃ、おつまみやら、そがんとは売りよらんじゃっと……お酒と、醤油、それとお茶も売りよったよ。こう、一斗缶のごたるとのな、あって、そこにお茶の葉の入れてあって……」

　稔の問いかけに敬子は、昔の吉川の家の様子を思いだそうとするように目を閉じると、ときおり唸るように声を引き伸ばして話しだす。「こう、うーん……甕で来よったもんな、それば土間に置いて……」

「え、甕で店に置かれてたのはお酒？　醬油？」と稔は言った。そのあいだにも「敬子婆から聞く。吉川、酒屋だったころ、つまみは売っていない。酒以外は醬油とお茶。お茶は一斗缶で来ていた」と、指を携帯電話に這わせて文字を打ちこみ、すぐに敬子のことばを待ち設けるのだった。

「醬油じゃなかと。甕は、焼酎。唐津辺りから来よったと……それから、日本酒は、窓乃梅ちうて、それも、佐賀やったかなあ、そがんとも船で来よったよ」

「焼酎は、唐津、から……それと、佐賀のほうからも、日本酒が来ていて、名前が」と稔はつぶやきながら、携帯電話の画面に表示される文字を目で追う。「ええと……ヤドノウメだっけ？」

「窓乃梅」

「窓か。へえ……そうなんだ」と言った稔は、文字を綴り終えたとき、ＬＩＮＥの通知が届いているのに気がついた。アプリを起動してみると、「海で泳ぐやろ？　ゴーグルが家にあったか探しといて！」という美穂からのメッセージが書かれていた。《また注文が増えた！　海げな《なんて》、泳がんでよかろうもん》と彼は考え、返信せずに携帯電話をズボンのポケットに仕舞った。

「じゃあ、まだ新しい方の家の片付けやらばせないかんけん」と稔は、缶ビールを飲み干すと言った。

「うん、美穂と、奈美ちゃんと、ヒロくんと……明義さんも居るけんね、掃除ばせんと、今晩寝られんじゃろけんねえ」

「え？　うんにゃ、お母さんたちはまだ福岡に居るよ。くるのはあしたやもん」

「福岡？」と訝しげな目で敬子が口にしたとき、美穂は隣に奈美を乗せて車を運転していた。「水着あったっけ？」ハンドルを握る美穂は、前を走るトラックに目を向けたまま言った。

「あるっちゃない？　え、あっちの家にってこと？」

膝の上に鞄を置き、さらにその上に携帯電話を持った両手を載せ、画面に目を落としたまま奈美が言った。

「うん、新しい方の家に置いとったやろか。それとも持って帰ってきたんやったっけ」

「水着でしょ？　タッコ婆の家で見た気がする。でも買えばいいじゃん。きょう、ついでに」

「うん、そうやけどさ。あ、うんうん、タッコ婆がた《家》の箪笥にあった気がするね、そういや……でもあれ、ヒロくんと稔の水着だけしかなかったっちゃない？」

「買えばいいじゃん、ついでに」

稔の言ったように、美穂たち家族は福岡に居て、あすの昼すぎに島に渡ってきてから盆が終わるまでの、数日のあいだ必要となるだろう物を買いに出かけていた。

「そうやけどさ」と美穂は言うと、前にできている長い車列を眺めてあきれたような声をだした。「ほら、みんなお盆の買い物に来てる。ずっと行列」

「駐車場停められる？」と奈美が、やはりかおを携帯電話から上げずに訊く。

「停められるさ。広いけん……あそこのモスバーガーも満員」

母がそう言ったのを聞いて、奈美はやっとかおを窓の外に向けた。「モスじゃない、お母さん。マック」

「そうでした、失礼しました」と訂正しながら「去年もここで思った気がするね、どうしてあそこのモスバーガー、じゃなかった、マックは満員なんやろかって」

「この辺にはないけんじゃない、ハンバーガー屋さんが。近所のひとがみんなくるっちゃない？」

「ええ、でもマックぐらいさ、どこでも……」と美穂が言うのを遮るように、ふたたび携帯電話に視線を戻していた奈美が笑いだすと、「ねえ、知香から」と言った。

「知香から？」と美穂は訊いた。

「二月に車をぶつけちゃったひととね、道で鉢合わせしたって。でね、そのひとと偶然会うのがね、今月はもう二度目だって」

「ええ？　近所のひとやったと？」と美穂は笑って言った。

奈美はすばやく指を這わせて、いましがた届いたばかりらしい知香からのＬＩＮＥに返信をしながら、「うん、そうそう。めっちゃ近所なんだって。だから会うたびに頭をぺこぺこ下げなきゃいけないから、そのたびに気まずいんだって」と言った。

奈美が言っているのは、もう半年以上もまえに知香と夫の裕二郎の乗る車が起こした事故についてのことだった。さいわいに怪我人が出なかったことから、そのできごとのあった日のうちに知香はさっそく苦労話として警察の聴取、保険会社との話し合いにどれだけ時間が取られたか、予約していた病院にどうやって断りの電話を入れたのかを従姉妹《いとこ》に伝え、それを奈美は、自分は居合わせなかったというのに――あるいは自分が居合わせなかったからこそ――想像をたくましくして、しょげかえった知香のかおや声を真似してみせながら、面白おかしく母に繰りかえし話していたのだった。

「気まずかろう、そりゃ。相手のひとは怒っとらんっちゃろ？」

「うん、もう怒ってないっていうか、もともと怪我もなかったから、でも、いやだよね！　何度も会うのって」と奈美は言った。

「うん、いやよ、そら……あそこが空いとるみたいやね」と駐車場のなかに車を進める美穂は「忘れんでね、きょう買うのはお肉と、アボカドとアスパラと、それから葡萄ね、あとはサラダに入れるポークタン？　それと、押入れの湿気取りと」と言う。

「ポークタンはやめて牛タンにしたら、焼き肉用の。あと水着」と奈美が言った。

「うん、それもやけど、あとはなんが買わなやったかな……お菓子と、ほら、あのチーズ、まえに買っておいしかったチーズの、味噌漬けやった？　あれもね、買っといたらおつまみで食べるやろ？」

「でも今年は、いっぱい居ないから、あんまり買わんでいいっちゃない？」

「あっちに行っても買われんのばっかりやけん、だめよ。あ、お酒も。あとは……」

「知香と裕二郎も居らんし」

「今年は無理よ、あのふたりは。そりゃ」と美穂が言うのだったが、それというのも知香がもうじき臨月を迎えようとしていたからで、新幹線でも飛行機でも、とにかく長旅はしないようにしていて、だれとも会えない代わりに、予定日とされている来月には加代子が娘の住む関東に赴くことになっていた。「お寺とお墓の花も、どうせ買ってかないかんし、パンもヒロくんが朝食べるやろけん。あとは、ちゃんぽんも……ちゃんぽんは別によかろ、あっちにも麺あるもんね」

「ヒロくんが歯ブラシって。歯ブラシがないけん買ってきてほしいって」と奈美が携帯電話に届いた兄からのメールを見て言った。

「どこで使うのが？　あっちの新しい方の家で使うのがないって？」

「知らん。でも、新しい方の家で使う分も何本か買っていったらいいよ、黴びてるかもしれないじゃん」

「うんうん。はい……到着。後ろからコストコのバッグおろして」

「あ、思いだした」

奈美はとつぜんそう言って、「ほらあれ、デジャヴ。デジャヴ？　デジャヴで合ってるっけ、お母さん。ほら、見たことあるような思いだす感じのやつ。デジャヴ？」と美穂に向かって確認するように繰りかえした。

「なん言いよると、何遍も」と、車のエンジンを切った美穂は笑いだした。

「去年もモスバーガーが満員だったって、さっき言ったじゃん。お母さん、それ車のなかで去年もほんとうに言ってたの思いだしたっていうやつよ、これデジャヴだよね？」

「それは、ふつうに思いだしただけやろうもん」

「ちがう」と奈美は、どうしても自分の言いたいことを説明したい欲求に駆られている様子で言うのだった。「お母さんが、去年もあそこのモスが満員だったって言って、言ってっていうか、思ったって言って、そのあとにわたしが、モスじゃなくてマックだよって言って、そのあとに、ほんとうに去年もね、お母さんが思ったんじゃなくて言ってたよ、って言うんだろうなっていうやつ……ほら、デジャヴの日本語ってあるじゃん。なんだっけ？」

「既視感？」

「既視感！　そう、既視感。あれ、既視感だっけ？　ほかになかった？　デジャヴの日本語が」

「手に持っとるので調べない。スマホで」と美穂は、もう付き合っていられないといったように鼻で小さく笑って言うのだった。

「バッグって一個だけでいい？　ふたつは必要ないよね」

トランクを開けた奈美が言ったのに、「うんにゃ、ふたつ。あっちの敬子婆のところで食べる分も買うし、それにタッコ婆の家だってご飯せんとやけん、なんかお肉ば買っていってやらんと」と美穂は言った。

「ああ、そうか。タッコ婆は帰らんっちゃろ？　お盆は」

「うん。こっちでのんびりよ。いつもじゃん、タッコ婆は」と美穂と奈美が気やすい調子で何度も口にだす「タッコ婆」というのは、敬子の妹の多津子のことだった。《多津子は、帰って来んとやろうけん、最後にいつ会《お》うたとやったかなぁ……》と美穂たちが店に入っていったとき、敬子も多津子のことを考えていた。やはりベッドに横になったまま彼女は心内でつぶやくと、いつかの六月に、薬を貰うのと、それから、胸のどうにも、痛いような、つかえのあるような具合だったから検査を受けるために、美穂の運転する車で福岡の病院に行ったさい、多津子の家に泊めてもらった晩のことを思いだしていた。《ひさしぶりに、蒲団ば並べて、おしゃべりばしたばってん、あんしと（と敬子は妹のことをそう呼んだ）の、なんやら言いよったとは、なんやったろうかなぁ……》すると、いましがた耳のすぐ傍で聞かれたように、多津子の声が記憶からうかびあがる。

「ねえ、これは憶えとる？」

畳敷きの居間にふたつ蒲団を並べて、さあ寝ようと明かりを消してすぐ、姉に向かって多津子は言った。「フナタテって、憶えとる？」

「うん、フナタテ」と敬子は答えた。「舟ば陸にあげて、そぃでから焼いて……」

「そう、焼いてさ、舟の底のほうば。それで、くっついとる貝やら苔の焼けたらさ、篦《へら》のごたるとで、削ぐごとして落としてね……」

「うん、漁師の男んひとたちの、やりよったよ。乾いたら、ペンキの剝げとるところには、あたらしく塗って……」

「それで、風の強か日にやりよったら、波止場までね、木と貝の焦げたごた臭いの流れてきよったもんね」

と、敬子は記憶の内からベッドのほうに引き戻されながら、「ああ」と小さな声で言った。《そうそう、こがん臭いのしよった気のするね、フナタテば、どこかの家のしよった日には……》そしてこう彼女は考えると、ふたたび多津子の隣の蒲団に身を横たえる。このとき隣の部屋では、哲雄が島の同輩から貰った殻つきサザエを殻ごとフライパンで蒸し焼きにしていた。その臭いが、戸の隙間から敬子の部屋まで漂い流れていって、想念に具体的な印象としてのぼったのだった。だから、「こがん臭いじゃったね？」と敬子は隣に眠る多津子に向かって言ってみた。

「こがん臭いって……ああ、そうそう。こがん生臭か臭いやったよ、藻ば燃やしたごた、こがん臭いやったな、フナタテばしよるときは」

そう多津子は返事をした。あるいは、うとうととしだしてきた敬子に、そのように妹が言った気がしていた。

「見に行ったこともあるもんね」と多津子は言った。「ありゃ、坂本の家の舟やったよ、ナマコ漁のさ、小さい舟」

「ダンベ」と敬子が、島でそう呼ばれていた小舟の呼び名を、多津子のことばに言い添えた。

「そうたい、ダンベ舟って言いよったな。それで、うちと敬子婆でさぃ、納屋から帰ってきよったときに、陸に上げてフナタテばしよったけんね、傍に寄っていって眺めよったことのあったとば、なんでか思いだしたよ」

「うん。そがんことの、あったかなぁ」と敬子は言った。

「そういや、お盆の精霊舟は、もうでけ《でき》たな？」

そう多津子が訊くのに、敬子は「うんにゃ、お盆はまだぞって、さっき、だれやらか言いよったもんね。それけん、まぁだ舟のでけとらんごたるよ」と言うと、枕につけた頭をうごかして妹のかおを見ようと横ざまに寝返りを打った。

「早《は》よ作らな、オジジらの帰ってくるけん、叱られるがらるるぞ？　おりども《おれたち》の乗って帰られんじゃなかつかって、そがんに言うて、がみころさるるぞ？」

そのように言う暗闇のなかの横顔を、敬子は訝しく思いながら見つめた。そして、ふっくらとした眉や鼻の形をじっと眺めると同時に、《そう、多津子とそっくりばってん、兄さんたい》と敬子は夢のなかで確信した。

「なん、居っとね？」そしてこう言った。

「おう、いつから居っとたぃ」と兄の智郎は、敬子にとって懐かしい声で言った。

「さっきまで多津子と思いよったと、兄さんじゃのうして」

「そうや。そしたら、舟ば見に行こや」と智郎は言う。

「どこに、フナタテば見に？」

「うんにゃ、盆の舟たい。おりどもの帰っていく舟ば、稔たちの作りよるろが《だろう》？　それば見に行こや」

こう兄が言ったときには返事をする間もなく、敬子は福岡の多津子の家には居らず、波止場をあるいていたが、やはりサザエを蒸す臭いが鼻につくものだから、《舟ちうて兄さんの言いよるばってん、作りよるとじゃのうして、フナタテばしよるとじゃなかろうかなぁ……多津子の言うたごと》と思いつつも、見に行こうと言ったはずの兄の姿がどこにもないのに気づいた。それで、仕方がない、舟を上げるためのスロープになっている漁協の裏手まであるいてみよう、きっとそこに兄も妹も向かったのだろうから——そう敬子が決めたとき、多津子は福岡の家で、浩とふたり食卓についていた。

島に帰るのに備えた買い出しは美穂と奈美が行くことにして、浩はといえば多津子の暮らす市営団地の一室で留守番をしていたのだった。夕方前には買い物を終えて一度自分の家に荷物を置いてから、多津子の家にくると美穂は言っていた。きのうの晩、歯を磨くことができなかったから、歯ブラシを買ってきてくれと言づけを頼んでいた彼は、美穂たちの帰ってくるまでのあいだ、朝からなにもすることもなく、ただぼんやりと自身にあてがわれた蒲団の上で横になっていたのだった。それで昼になり、日課としている新聞を読み終えた多津子が、モニター式の拡大読書器の置かれた部屋から出てきながら、昼食は摂らないのかと訊いたが、「うんにゃ。きょうはうごいてないから、お腹が減ってないけん、よかよ」と言って断った。

「うんにゃってや。うちもな、きょうは、あんましお腹の減らんとよ。夏バテばい……そんなら、お昼はまだせんでよかね?」と多津子が言い、「うん。よかよ」と浩は言った。

多津子は冷蔵庫の傍まで摺り足であるいていくと、足許に置かれたラジオのスイッチを入れた。それから今度は洗濯機を回しだし、やがてベランダに向かい、洗った服を干してしまうと、「ヒロくん、浩よ」と言った。

「コーシーは飲まん？　うちはこれからコーシーブレイクばするばってん」

「ああ、じゃあ、貰おうかな」

「アイス？　ホットでよかね？　砂糖ば入れて飲もや」

「ああ、うんにゃ。おれはブラックでよかよ」

「砂糖抜きってや。甘いとよりは、苦いほうがいいとね」

それで浩は、独特な言いまわしで多津子が呼ぶところのコーヒーを飲むため、食卓の椅子に腰をおろしているのであった。

「ヒロくんのは……このコップがよかね？」と多津子は、流しの横の水切りのラックから小刻みに震える手でマグカップを摑み上げると、食卓がどこにあるのかを探るように、もう片方の手を前に伸ばしつつ、そろそろとあるいていた。「ヒロくん、どこに座っとるね。そっちに居るか？」

「うん。こっちの椅子に座ってるよ」と浩は言った。

「このコップがよかろ、倒れにくいけん」

「このコップって、どのコップ？」

「ほら、これ」と多津子は食卓の真ん中だろうと、彼女自身が考えている場所に、音を立てるようにしてコップを置いた。

　音がしたと思われるところに浩は手を伸ばし、指先の触れたプラスチックのコップを両手に包んだ。

「これね。大きいけん、倒れにくいね」

「ええ？　大きなかじゃんね」

「けっこう大きいよ。軽くてプラスチックのコップやろ？」

「プラスチックの？」そう多津子は言って、自分の椅子には座らずに、食卓の縁沿いをゆっくりとあるいて、浩の肩に触れる。そして腕から手を伝うようにして、「ああ！　こりゃ、違うコップたい」と言った。

「このコップじゃないと？」と浩は言う。

「違う。もっと小さいとよ。そりゃ、どこから出てきたコップやろか？　それとは違うと。マグカップば置いたとよ、ヒロくんのコーシー飲むとは……それやったら、わがのコップば、うちはどこに置いたとやろかね？」

「いや、おれは知らん、ああ、これのことかな？」

　食卓の中央に置かれたマグカップを探り当てた浩は、多津子が居ると思われるところにかおを向けて「マグカップってこれのことやろ？」と言った。

「どれ？」と多津子は、浩のかおも、また彼の手にしているマグカップも見分けることができかねて、ぼんやりとした白い蛍光灯の照らす食卓に視線をさまよわせるのだった。

「いっちょん見えんね……電気は点いとる?」

「うんにゃ。おれはわからん」と浩は笑って言った。

「ふっふ! そうね、あんたは明かり要らずやもんね」と多津子も笑いながら言った。

そのあとにも、自身が使うコーヒー専用の湯呑茶碗が見つからず、砂糖を入れるための小匙を、あらかじめ出しておいたのが見つからずといった具合の多津子は、流し台と食卓とポットのあいだを、小さな歩幅でうごきまわらなくてはならなかった。そしてひとつ動作を終えるたび、「こりゃ、あ痛《い》よ!」や「おお、ううん……」などと声を上げたり呻いたりしては、その場に釘付けにされたかのように身を固めて立ち止まるのだった。

「タッコ婆、だいじょうぶか?」

唸るような声を発した大叔母がそのまま黙ってしまい、椅子に腰かけた浩は訊く。

「ううん……」と多津子は間延びしたような声を振り絞ると、それから「ふふふ、うごかれんとよ」と笑いだした。

ややあって、どうやら拳で軽く膝を叩いているらしい音を浩は聞きつけた。

「一歩ね、踏みだすそのときが痛いとよ。あるきだせば、なんちゅうことなかとばってんさ、最初の一歩でな、もう、ビリビリって痛みの上がってくるとよ」

流し台の縁に片手を載せ、もう片方の手を、宙でも摑むように胸の辺りの高さまでもち上げた格好の多津子はそう言うと、どうでもあるきださねば仕方がないが、しかし必ず訪れる股関節の痛みを予想して逡巡しているらしい真剣な表情で、立ち止まったままの自らの足を見つめていた。しかし意を決した彼女は、ほんの数センチだけ足を前にだした。

「お、ほ、ほ、ほ。ああ、あ痛よ……」と、その喉から呻いているようにも、笑っているようにも聞こえる声が洩れる。

やっと一歩を踏みだすと、多津子は摺り足で自らの座る椅子まで辿り着いた。この懸命な動作には、それが真剣で、彼女にとってすこしも愉快なものではなかったが、しかし、思わず笑いだしてしまう緩慢さが多分に含まれているのだった。だが、残念なことに浩は、これら大叔母の動作の一連を、主に痛みに呻く声と服の擦れる音、それにごく小さな足音によって受け取るばかりだった。それで彼は「病院には行った？」と、くすりともせずに言った。

「ふふふ、行ったとばってん、まあ、もう寿命よ。関節の寿命が来たとよ」とかろうじて難所を越えた者の、安堵した声で多津子は言った。「この歳で手術てなっても、いやけんねえ」

「ああ、もうコーヒーはあるったい」と浩は、鼻さきに漂ってきた香りが用意をしているときよりも強く漂ってきているのに気づいて言った。そして今度はマグカップを最初から手にもつと自分の前に寄せ、においを嗅ごうとするように屈みこむ。「まあねえ、手術はいやだね」

「ヒロくん、砂糖は要らんとか？」

「うん。ブラックが好きやけん」

「そうね、うん……ほっとするね。やっぱりコーシーば飲んだら。そう、入院はもう、よかばい。この歳であちこち治療するって言うて、それで、何年生きるやろか？　一年、三年て、そがん思うたら、もうこのままのがよかよ」

「そうねえ、入院ってたいへんだからね」と浩は、中学生の頃に受け、そして成功しなかった網膜剝離の手術のことを思いだしながら言った。「ずっと寝てないといけないし、ご飯だって、そんなに美味しくなかったもんね、おれの頃は……」

「ああ、わがの目ぇで入院したときの話や？」と多津子は言った。

「うん。おれが入院したときは夏だったからね、シャワーを浴びれないから頭が痒くなって」

「うちも、黄疸の出て入院しとったろ？　イサ《勲》の死んだときよ。あんときは難儀したばい」

「かおが黄色になったんだってね、お母さんがそう言ってたよ。いまはもう平気と？」と浩は訊く。

「うん、もうね、すっかり……これはなに？」

ふと多津子は、手を置いた食卓の上がざらざらしているのに気づくと、指先であちらこちらを触りだした。が、すぐに「ああ、砂糖ね」とつぶやいて、隅に置いた布巾を手に取った。

「いまは、どうしたもんか、かおの頬っぺたやら、それから鼻やらの赤なるとよ」そして彼女は、布巾で砂糖のこぼれているであろう場所を拭きながら、そう言った。

「虫さされ？　あとは、なにかアレルギーがあったりせんと？」と浩は言った。

「うんにゃ、アレルギーじゃなかろうね。痒ないとよ、ばってん頬やら鼻やらの、そがんなっとるけんな、散歩に行くときでも、こんひとは昼から飲んで酔っぱろうとるねえって、そがん道ゆくひとから思われると恥ずかしかろが？」

「そうねえ。ふふ」と浩は笑った。「まえは黄色くて、いまは赤くて」

「なん、信号機のごたるてや？」と多津子も笑みを含んだ声で、言うのだった。

「つぎは青色になる？」

「そら、死ぬときたいね。かおの青なっとれば」

「じゃあ、まだ青色にはならんようにね」と浩は、真面目な面持ちで言った。

「うんにゃ、もう生きたばい、飽きるごと」

そう多津子が言ったとき、それまで浩が横になっていた部屋から携帯電話の着信を告げる、音声アプリの「大村稔から電話、大村稔から電話」という人工的な声が聞こえてきた。

「だれやら、なんか言いよる。ヒロくんの電話か？」と多津子は、浩が椅子を引いてあるいていく足音を聞き言った。

「もしもし？」と大叔母の問いかけには返事をせず、蒲団の上に置かれてあった携帯電話を手にした浩は言った。

「お母さんは？」と電話口の向こうから稔は言った。

「お母さん？　いまね、奈美とコストコに……うん、そう。帰ってきとらんで、まだ買い物しよるっちゃないかな」

「ふうん、もう出かけとるったい、わかった」

「だれ？　稔か？」

話しながら食卓に戻ってきた浩に、多津子が訊いた。「どうね、吉川の家のほうは片付きよるな」

「お母さんと奈美はね、まだ夕方まえにならないと買い物は終わらないかも。ああ、いま？　おれはタッコ婆とふたりでね、いまね、コーヒーば飲みよったっちゃん」と浩は電話をつづける。「片付けは順調かってタッコ婆が言ってる」

「まあまあ、約半分」と稔は言う。

「約半分だって、タッコ婆。片付いたのは約半分って稔が……ああ、なに、お母さんに伝言？」

そう浩が弟に向かって言ったとき、不意に多津子が「ああ、そうやった。ヒロくん、お母さんに言うことのあったとを思いだしたよ、あれ、あれ、あれば……」と頭を後ろに反らせると、なにかを思いだそうとするように黙りこんだ。

「あ、タッコ婆、ちょっと待って。もしもし？」と浩は言った。

このとき稔は、浩に島の幼馴染とさきほど道で出くわしたと話しているのだった。「浩はお母さんたちとあした帰ってくるって言うたら、卓也も会いたかねって言いよったよ」

「へえ、卓也も帰ってきとるったい」

「うん。ぜんぜん変わってなかった」

そう浩が稔と話しているところに「薄口醤油。そうやった、ヒロくんさ、あんたのお母さんにな、薄口醤油が切れたけん買ってきてくれんか電話ばしてさ、一本な」

「ちょっと待って、タッコ婆。あとで電話しとくけん」

浩がそう多津子に答えると、耳元で稔の笑う声がした。「メッセンジャーの仕事で大活躍しよるたい、浩」

「稔の伝言はせんでいい？」

「うん、よかよか。おれはあとで奈美にでもＬＩＮＥしとく」と稔が電話を切って時を置かずに、携帯電話の画面に表示された名前を見た奈美は「なーに？」と、電話をかけてきた浩に言った。

「あのね、タッコ婆がさ、醤油を買ってきてほしいって言いよるっちゃんね」と浩が用件を伝えたとき、美穂と奈美はカートを押してレジに並んでいた。

「醤油？　なに醤油？　ふつうの？」と奈美が言った。

「薄口！」と多津子の大きな声が、浩の声の向こうからした。

「ふふ。タッコ婆が後ろでなんか叫びよる」と奈美が笑って言う。

「薄口醤油だって」

そう浩が付け加えるように言うと、美穂が「タッコ婆の家の分？　奈美、ちょっと走って一本取ってきない。ここに並んどるけん」と言う声がして、次いで「醤油だけでいい？あとは買わんでいい？」とさっそくあるきだしながら話しているらしい奈美の声が聞こえた。

それで浩は「うん」と答えたあとに「ああ、歯ブラシは？」と重ねて訊いたが、すでに電話は切れていた。

「メールすればよかよ」と通話が終わったのを聞き取った多津子は、「はあ、話しよったら、ちったお腹のすいてきた。イサのところに上げたバナナなと食《で》べようかね、ヒロくんもどうな？」と言った。

浩が「うんにゃ、おれはよかよ」と言った、ちょうどそのときには、敬子は智郎を探して港の端に辿り着いていた。漁師の家の瓦屋根や、それから島の中央のそう高くもない山の向こうには西方の浄土を思わせる、よく晴れた日の夕暮れに、夜が、流れこんでくるさなかにある時刻の色をした空が広がっていた。山の麓の、崖のようになっている急な丘の下には、海に面して納屋が三軒、四軒と建ち並んでいて、そのうちの一軒の前で、なにやら男たちの盛んに話す声と、それから「トン、コッ」という木を打ちつける槌の音の鳴っているのが聞こえていた。敬子は、男たちの声の内に智郎の話し声も混じっているのを知り、思わず駆け足で——そう、彼女は自分が思わず走りだしたのに気づくと、すぐに不審の念を抱かずにはおれなかった。なぜといって、もう何年も、あるいは何十年も駆けだすということが彼女にはなかった。店の番のために朝も夕もレジの前の椅子に座りつづけ、帳簿をつけるためにも畳に背を丸めて座っていたために、自分の足はすっかり衰え、固まってしまっているものと思っていたから、どうしていつのまにか足ばかりか、自分自身すっかり若返ったのかと、彼女は不思議でならなかった。だが、敬子は夢の作用によって、すぐさま次のように納得したのであった。智郎が戻ってきたということは、とうぜん自分にしても昔に帰っているに違いない、ならば足だって店をはじめる以前のように、跳んだり駆けだしたりできないはずがないではないか。と、このように納得したことのうちに、ひそかに彼女は願望をこめていた。つまり、店をはじめるよりもまえみたいに自分が若返った以上は、その時点で生きていた夫の宏も、あの納屋の前の喧騒に紛れこんでいるだろうと、敬子は思いたかった。《そら、兄さんも生きとるとじゃもん。宏くんも居らんと……しぇっかく《せっかく》、みんなして居るとやけんねえ》そう考える彼女の願いはかなえられた。まだ納屋の前には行き着かないというのに、敬子はさざめきのなかでも、ことによく響く亡夫の笑い声を耳にするのだった。

彼らの屯《たむろ》している納屋に隠れるようにして、一艘の大きな舟があるのが、薄闇のなかに浮かびあがった。なるほどあれが、智郎の言っていた盆の舟かと敬子は考えながら、一刻も早くそこに向かおうとするのだったが、ついさっきまで軽快にうごかせていた足が急に重くなるのを感じて立ち止まる。だが敬子は、やはり駆け足で納屋のほうに向かってもいるのを眺めていて——というのは、これも夢でよくあることだが、彼女はどこか後ろのほうから、若返った自らを見ているのだった。そうして自分を置いて先に行く敬子は、槌に加えて木材を壁に立て掛けたり、地面に転がしたりする音が鳴り響く納屋に向かう途中で、多津子と会った。

「おうい、多津子。どこに居ったと?」と敬子は、妹の背中に呼びかけて言った。「さっきな、兄さんに会うたよ。わがとそっくりで、うちもな、はじめに間違えたと、わがと兄さんば」

「そうや」

多津子は横に並んだ敬子には目もくれず、姉が若返ったことにすこしも驚かないようすの低い声で言った。それから彼女は「姉さんさ、ここらにさ、あれの居らんな? どうも、どこやらに隠れとるとやろうね、臭いのしよるとばってんさ、うちはな、もう、目ぇのいっちょん見えんけん、わからんとよ」と言いついだ。

「なんが居るって？　蛇が居るって？」

　そう敬子が訊くと、口にするのも厭わしくてならないというように多津子は首を振るのだった。「生臭かろ？　橋の上に居るっちゃろうねえ……ああ、気色のわるか」

　橋というのは智郎や宏たちの居並ぶ納屋と、別の家の所有する納屋のあいだに架かっている、木と竹で組んだ渡しのことだった。下には小さな川がすぐ近くの磯に向かって流れており、そのため川岸に施された石積みの壁に限らず、周囲の岩や草むらといった辺り一面が、いつも湿ったようになっていた。夏などはこの湿気と橋がつくる日陰を求めて、蛇がとぐろを巻いて憩うことがあり、それを多津子は幼い頃から、なによりもきらい恐れていた。彼女は身震いして橋を睨みつつ、一歩も足を踏みだせないでいるようだった。だから、敬子は橋に目をやり、木の外れかけているのや、束ねた竹の隙間といった蛇の潜んでいそうなところを、じっと眺めてから「うんにゃ、どこにも蛇の居らんよ」と妹を安心させるべく言った。

「ほんと？　それやったら、なんが生臭いとやろか？」

「ああ、こりゃ、フナタテばしよる臭いよ」

「なして《どうして》フナタテばしよると？」

「なしてって……そうよ、なしてやろ。舟ば作りよるはずじゃもんねぇ」

まだ部屋に漂ってくるサザエを焼く臭いが、眠る敬子を混乱させた。それで戸惑いつつも、あいかわらず木材をあつかう「トン、コッ」という音がしているから、やはりフナテではなくて舟を作っているのだろうと思った彼女は、「まあ、橋ば渡ろや」と多津子を促した。その瞬間「パンッ！　パンパン！」という、勢いよくなにかの弾ける乾いた音が、納屋の上の山の中腹から聞こえた。

「グラマン⁉」多津子は叫ぶように言った。

しかしプロペラの音はせず、また納屋に集まる大人たちも、慌てているようすもなく話しつづけている。それに……そう、と敬子は考える。戦争はずっと昔に終わったのだ。あの頃のように島の上空を戦闘機が飛んでくるはずはなかった。だが、怯える妹を守ってやらねばならないと、彼女は音の正体がなんであるのかを突き止めた。「ほら、花火さ。お墓でどこかの家の花火ばしよるとたい」

「そうね、花火てや。ああ、そういえば、そんな音ね。ロケット花火の音ね、これは」

そう言った多津子の横顔を、敬子はまじまじと見つめた。《道理で、間違えるはずたいなぁ》そして、晩年の智郎によく似ているものだと思いながら、あるきだした妹と並んで彼女が橋の上を渡っているとき、ちょうど美穂と奈美は買ってきた食料などの入った大きなバッグを、息を切らして大村家に運びこんだところだった。「あ！　買い忘れた」と玄関の上がり口にバッグを置いて、まだ靴も脱がない美穂が大声をだした。

「なにを？」

先に家に上がって、洗面台で手を洗っていた奈美が戻ってきて言った。

「花火。ほら、あっちで夜にするやろ？」

「なんだ」と奈美は言う。「敬子婆のお店にも置いてあるじゃん、花火は」

「うんにゃ、ないとよ。いまは」

「ないの？　まえは売ってたじゃん」

「うん、まえはあったけど、いまはもう、ほら、子供の居らんけん注文しとらんよ」

そう美穂が言うのに、いくぶんか皮肉な笑みを口元にたたえた奈美は「島に子供は居らんって言うけど、うちらだって花火するような年齢？　もうだれも子供じゃないとぞ？」

と母の口調をまねながら答えた。

「いいじゃん、せっかくだから花火したいじゃんね」

奈美の口ぶりにわざと怒ったような目つきをした美穂は、自分の要求を通したいさいの口癖である「せっかくだから」を持ちだして、言うのだった。

「お母さんだけで花火しない。ほとけさまのお線香に火を点けて、振り回してさ」と奈美は笑って言った。

「なんば言いよっと……あ、お肉は全部あっちのバッグやったっけ？」とようやく靴を脱いで家に上がった美穂は言う。「こっちがタッコ婆のところのやつよね、ちょっと豚肉をうちにも貰うけんジップロックで分けなね」

だが奈美は美穂のことばには反応せず、居間の戸を開けて「カラマロ、元気にしとったかー?」と室内に声をかけた。そうして部屋の明かりを点けると、なかに入っていった奈美は、テレビの反対側に置かれているソファの前に立ち止まる。「寝てた? カラマロ」と彼女は言って、大きなバスタオルの敷かれたソファの中心にうずくまる猫の頭を撫でた。カラマロと呼ばれた相手は眠たげなようすで、それまで折り畳むようにしていた前足を組みなおすと、自身を見下ろす人間が手にしている物をじっと見つめていた。

美穂と明義の暮らす家で飼っている猫というのが、このカラマロなのだった。奈美はすばやく携帯電話で写真を撮ると、知香にLINEで送った。それから、まだ撫で足りないというようにカラマロの横に腰かけたが、「奈美、うちの家のバッグは、あっちの台所のほうに置いてよ、ここだと通られんじゃん」と美穂が部屋に入ってきながら言うものだから、「ええ、わたしが運ばないかんと?」と彼女は、溜息をついて立ち上がった。

引きずるように買い物用のバッグを抱えて、台所のある部屋の扉を開けた奈美は、「やっほー」と父の背中に向かって言った。

「ほいよ」とそれまでテレビを観ていた父の明義は、おなじ市内ではあるが、ふだんはひとり暮らしをしているためになかなか会うことのない娘の、馴染み深い声を聞いて振りかえると、愛想よく返事をした。

彼はテーブルの前の、エアコンの風がよく当たる場所にだらしなく腰かけて、唯一の趣味であるケーブルテレビの時代劇を観ていたのだった。テーブルの上はところどころ濡れていて、なにか飲み物をこぼしたまま拭きもせずにいるようだった。そこに、握りつぶされてひしゃげた缶チューハイの空き缶が数本転がり、さらに飲みだしたばかりらしい缶、食べ残しの、乾ききった刺身が二枚載ったパックとキムチが、椅子に座る彼の前に置かれてあった。

「また飲んで」と奈美は、椅子に腰かけているため自分よりも低い位置に頭のある父を見下ろしながら、あきれた声で言う。「癌で肝硬変なのにどうして飲むと?」

「ちょこっとたい」と明義は言うと、口元に笑みを――どれだけ叱責されようとも、最後には赦免されることを願っている、あの、酔漢特有の甘えた笑みをうかべた。

「なんがちょこっとよ、ねえお母さん」奈美は、自分の後ろから部屋に入ってきた美穂に言った。「四本も飲んでるのにね?」

「まだ三本たい」と明義が言った。

「ふうん。カラマロに餌あげた?」と、もはや夫の飲酒に対してはどんな訓戒も効きはしないと諦めている者の口調で、美穂は言った。

「知らん」

「知らんって、食べよったと？　朝に言うたじゃん、餌ばあげといてって」

「ずっと寝とったけん餌喰いよらんやった、稔は」

「稔？　なんで稔」と美穂が訊いた。

「稔じゃなか、カラマロ」と明義は言った。

「稔とカラマロば間違えたと？　どこも似とらんじゃん」

なおも美穂がくすりともしないで訊き、「間違えたったい」と明義のほうも淡々と答えるのを、ふたりのあいだに立って聞く奈美は、「稔が、餌、食べんで……」そう、ぶつぶつとつぶやきながら笑いだした。彼女はさっと身を翻して美穂と交替するように居間に戻ると、さっきとおなじ姿勢でソファの上でしじかんでいる、父が息子と間違えたところの老猫の傍に腰をおろした。そして片方の手で、その毛むくじゃらの背中を撫でたり優しく叩いたりしながら、もう一方の手にもった携帯電話に文字を入力しようとしていた。先ほどの明義の言い間違えの面白さを、さてどのように書けば従姉妹に伝わるのだろうか。こう奈美が考えながらチャットに「酔っぱらい明義がカラマロのことを……」と、ことばを書きだしているそのとき、橋を渡り終えた敬子は納屋の前までやってきた。彼女よりも先に納屋へと駆けていった多津子が、たちまちひとびとのなかに紛れこんでしまい、ただ、「おりょ《おや》、懐かしさ《いな》！」や「まぁだ病院で働きよるつきゃ《のかい》？」と言った声に答えて「宏くんも、いっちょん変わらんね」や「うんにゃ、もうだいぶんまえに退職しとるよ」と言っているのが、敬子の耳に届いてくる。

宏くんはどこだろう？　そう考えながら、立ったり座ったりしている者たちのあいだを彼女はあるいていた。しかし、どういうわけか、みな彼女に対して背中を向けており、かおを見ようとして前に回りこんでも、ぼんやりとした横顔と出会うばかりだった。というよりも、覗きこんだ相手はたしかに敬子のほうを見ていた。だが、なにか見え方がどのかおもおなじで、声こそはっきりと聞き分けられるのに、目の前に居る者がだれなのかが、どうにも曖昧に感じられるのだった。

「敬子、わが、なんばうろちょろしよるときゃ？」

ひとびとのあいだを、しきりとあるきまわる彼女をみとめて、声が言った。

「ああ、オジジ。爺ちゃん」と敬子は、声が祖父の文五郎であると気づいて言った。「うん、宏くんの、どこさな居るとやろかちうて、探しよると」

「そけ《そこに》居るろが？　内山んがたの宏やったらさぃ」とまた別の声が言った。

「オババ。婆ちゃん」

今度は祖母のナツに向かって敬子がそう言うと、つぎつぎとあらたな声が代わる代わる彼女に話しかけるのだった。父の十三郎、母のキク、そして先に来ていた智郎とその妻の佐恵子、なかには多津子の夫の勲の声もあった。そのたびに彼女のほうでも、父ちゃん、母ちゃん、トー兄、佐恵子姉さん、勲さん……と挨拶をする。しかし宏だけは、やはり声がしなかった。

「宏くんなどこに居る?」と敬子はひとびとを見まわして言った。「どうしたあれやろうか、みんな声のするとばってん、だれがだれやら、うちにはわからんとよ。それけんかれ、宏くんな、どこに居るやら……」

そう敬子が言った。するとだれかの声が「そりゃそうたな、死んだらそがんなるつさ、だんだん、おんなしになってくるとたい」と言った。

「いまのは、ああ。思いだした。宏くんたい、そこに居ったと?」

ようやく夫の声を聞き分けられ、存在を見つけることのできた敬子は嬉しそうに言うのだった。声だけは、やはり、死んだとしても、そのひとの声で聞くことのできるのだろう——そして彼女がこう考えたとき、また宏の声は言う。「そらそうくさ。声の聞く者の居るけん、そら、聞き分けらるるとばい。だぁれも聞く者の居らんじゃったら、そら、声の寄りつかれんじゃなかや」

そう、聞き届けられるかぎり、声がそのひとなのだ。

敬子は納屋の脇に置かれた大きな舟に目をやった。離れた場所からでも真新しいのと知れる、白木の船体の上を浩と稔と奈美、それから知香と裕二郎といった若い者たちがあるいていた。彼らは舵のある船尾に立って、くだものや食料を積みこんだり、梁《はり》をまたいで明かりとなる提灯を柱に括りつけたりと忙しくうごきまわるのだった。舟の間近に立っている美穂や昭や親戚のコウボといった面々が、船体を見上げるようにしながら、あれこれと仕事の進め具合に注文をつけていた。納屋の前に集まった者たちは、いかにも楽しげに、また満足げにその作業のようすを眺めながら、舟の形状や舵の位置に対して感想を述べるのだった。なかでも智郎は、島の古いことばで呼ぶところのヤンバン《親方》のように、船底が平らに過ぎると言って、これでは沖に出る自分たちが波を受けて転がってしまうぞ、と笑って言うのだった。その声を聞きながら、智郎がかつて、漁師の仕事の合間に、漁船の設計図を描く趣味をもっていたことを、敬子は懐かしく思いだした。《張りきりよる。兄さんの、舟の好いとったもんな》と彼女が胸のうちでつぶやいている、ちょうどそのときに食べ物を届けるため美穂と奈美のふたりは、多津子と浩の待つ市営団地の階段を上ってきたところだった。扉を開けるなり、ふたりは「暑い!」「クーラー!」と叫ぶように言いながら部屋に上がった。

「おかえりー」と声を聞きつけた浩が、コーヒーを飲んだのちにも横になっていた蒲団から起き出てくると言った。

「おりょ、奈美、ほらほら見て」と大振りのバッグを床に下ろした美穂が、食卓の傍に立つ息子の頭を見て奈美に言った。「寝癖で鬼太郎になっとる。てっぺんの髪の毛が、ぴょんって。ヒロくん、ずっと寝とったろ? コストコのホットドッグあるよ」

「そう。でも、そろそろ晩ご飯だからいいや」

「晩ご飯って、まだ四時にもなっとらんのに。テレビ点けんと？　タッコ婆」と居間の畳に置いた枕に頭を載せ、身を横たえたまま美穂たちの声がするのに、起き上がろうとしないでいる多津子に美穂は訊く。「部屋も暗いし。食べるって言ったっけ？　ヒロくん」

「うんにゃ。あしたの朝食べるよ」

「お昼遅かったの？」と奈美が、バッグから取りだした食材を食卓の上に並べて言う。

「これもタッコ婆の家の分だっけ？」

「どれ？　ちがう、それはうちの。うちのっていうか、あっちで食べる分……それは冷凍庫に入れといて。あしたヒロくん拾っていくときに忘れんごとね」

「お昼ね、食べとらんっちゃん。コーヒーは飲んだよ」

そう浩が言うのに、「お昼食べとらんと？　どうして？」と美穂が訊いた。「奈美、リモコン取って。テレビのと、クーラーのも」

「わいわいがやがや、せからし《さわがしい》かねえ」

奈美がテレビ台の縁に置かれたリモコンを取るべく、自らの上を跨ぎ越すようにしたとき、やっと枕から頭を離した多津子は低い声で言った。

「せからしいって、だって……あっつう！　いっちょん部屋が涼しくないって思ったら、タッコ婆、エアコンば二十九度にしとるもん」

「うちはいつもじゃんば。二十九度でいっちょん暑なかぞ？」

「うんにゃ、二十九度は熱中症になるよ」と美穂が多津子に言うと、「うんにゃ」と奈美も母の口調をまねて言った。

「そら、わがたちは外から来たけん暑いとたい。うちは汗かかんもん」

「奈美、そっちの電気も点けてよ。暗い」

「そっちの、台所のほうのカーテンば開けない。まだ明るかろが、外はさ」

「いいじゃん、電気点けたら」

「電気点けんでも、明るかってば。カーテンさえ開けたら」となおも多津子は言う。

「どうして怒りよるとか？　タッコ婆」と美穂は食卓の椅子に座ると言った。

「なんで、うちは怒っとらんよ？」と多津子は、棘のある口ぶりで答えるのだった。

この数年来、しだいに多津子は奈美と美穂の話す速度、なかでも急に話題や、声を差し向ける相手が変わることに、ついていけなくなっていた。しかしせっかちな性格ではあったから、彼女はしばしば、ふたりの会話を聞きながら我知らず気が急いてきだして、やがて不機嫌になることがあった。加えてきょうは、昼にバナナを食べてからというもの――これは彼女にとって慢性的なものだったが――胃もたれがしていたのもあり、常よりも一層気分のわるい状態で美穂と奈美の声を聞いていた、もっとも、彼女自身はわずかばかりも怒ってなどいないと考えているのだったが。

「ああ、そういえば、歯ブラシは？」と浩が訊いた。

「あれ、買ったとやったっけ？」

そう美穂が奈美のほうを見やった。居間の隅に置かれた安楽椅子に腰かけていた奈美は、昼から買い物に付き合ったのに疲れたようで、背もたれに深く身をあずけたまま目をつぶり、そうしてなにも言わないでただ首を横に振った。

「すぐそこのマックスバリュで買ってきてもらえばいいよ」とややあって奈美は言った。

「ミーくんに言ってさ」

「稔は居らんよ。哲雄おじちゃんと」と浩が言うのを遮って「あ、そうか……じゃあ、お母さんが」そう奈美は、これから寝ようとでもするのか椅子の肘掛けに畳んで掛けてあったタオルケットを、胸元に広げながら言う。

「ええ、奈美が行ってきないよ。あそこ、駐車場に停められんけん」と美穂は言った。

「やだ暑い。あるきたくない」

「そういや、うちん家《ち》の醤油は買ってきてくれたな？」と多津子が立ち上がるべく、両手を畳についた格好で言った。

「うん。醤油は買った。薄口やろ？」

美穂が言うと「そう言うたとやったかね？　薄口て」と多津子は、そろそろと慎重に足をうごかしながら食卓に近寄っていく。「ああ、そうよね、薄口醤油をお願いしとったもんね」

「あ！　刺身醬油やった」とバッグからペットボトルを取りだした美穂が、大きな声で言うと、安楽椅子にもたれる奈美に目を向けた。

「刺身醬油ば買うてきたと？　どれ？　あら、こがん一リットルとば買うてきたってや。そっちはまだようさん《たくさん》あるとよ、刺身醬油は」と多津子は美穂から醬油のボトルを受け取って言った。

「買えばいいじゃん、薄口も。歯ブラシといっしょに」と目を開けた奈美は言うと、大きく口を開けてあくびをした。そして、こちらをじっと見つめる美穂のかおつきから、彼女は母の考えていることを読んで、弁解するように笑った。「なん、うちが間違えて持ってきたって言いたいっちゃろ？　だって、レジ並んでるあいだに急いで持ってきないって、お母さんが慌てさせるから」

「なん、その言い方」と美穂は怒ったふりを装って言った。「はあ、そんなら、奈美。ちょっと行ってきてよ」

「ええ、奈美が行くの？」

自らのことをそう呼んで渋りつつ、しかし奈美は大儀そうに立ち上がると、食卓の椅子に置いていた肩掛けの小さなバッグのストラップを手にした。「じゃあ、お金ちょうだい。アイスも買ってくるから……薄口醬油と、なんだっけ？　歯ブラシ？」

「歯ブラシはね、ふつうに使えればなんでもいいよ」と浩が言うのに、奈美は「あそこのマックスバリュ、あんまり種類ないと思うから、なんか適当に買ってくる」と応じて玄関に向かいだす。

「タッコ婆。あるじゃん」

不意に美穂が言うと、「そうそう、お金もらってない」と自らの傍にやってきた奈美に向かって、台所の戸棚から取りだした空のペットボトルを振ってみせた。

「どれがあるって?」

そう言って、遅い歩みで台所にくる多津子に「薄口醤油があって、なかったのは刺身醤油やったとよ」とあきれた口調で美穂は説明した。

「ええ? 嘘よ」と多津子は言った。

「どうして? ほら、これ」

「どれ? そうねぇ……刺身って書いてある気のするね……どうやら」

手渡されたペットボトルにかおを近づけて、ラベルに大きく印字された刺身醤油という文字を、かろうじて読み取った多津子は言った。

「どうやら! 気がするんじゃなくて、ちゃんと刺身醤油って書いてあるよ」と美穂は笑いだした。

「刺身醤油などたるね。こら、どうやら」と多津子も笑って言った。

「よかったじゃん。行かんでもいいね、買いには」

奈美はそう言ってバッグを下ろそうとしたが、「あ、歯ブラシ」と思いだしてつぶやいた。そのバッグのなかから「ライン！」という音が鳴った。さっき家で送ったメッセージに、知香から返信が来たのかと奈美は思って、取りだした携帯電話の画面を触った。

「お母さん。ミーくんから」と彼女は言った。

「稔がなんて？」

「水中ゴーグルは吉川の家にあったけど、ゴムが劣化して壊れてるって」

稔から送られてきた文章を読みあげた奈美は、美穂とかおを見合わせた。そうして、コストコに居るときに言ってくれればよかったのに、と美穂が嘆くように言い、ゴーグルも買うのならば近場のマックスバリュではなく、もっと大型の店舗に行くほかない、と奈美が答えて、結局車を出さねばならなくなった、それではあした島に向かうさいに浩を連れていくから、今夜まで彼の寝支度などを頼む、と美穂が多津子に言ったのを、今晩また来てくれなければ歯ブラシがない、と浩が口をはさんで、ああ、そうだったそうだった、と深い溜息をついた美穂が「じゃあ……ちょっと、またひとっ走り行ってくるけん」と玄関で靴を履きだしているとき、敬子は準備の整った舟が、集まるひとびとによって瞬く間に水上へと運び入れられるのを、じっと眺めていた。「あがんに、こまかと《小さい》で、人間の乗るるとやろうか？」と彼女は、思わずつぶやいた。納屋の脇にあった頃には、自分の背丈とおなじほどの高さの船腹があって、さらにその上を稔たちがあるきまわっていたように見えていたはずの舟は、海に浮かべられたときにどういうわけか、両手に抱えられる大きさになっていた。はじめ彼女は、潮が引いているために、自分の立つ波止場よりも、ずいぶんと下に海面があるため、遠くに浮かぶ舟が小さく見えているのだろうと思った。だが、舟と波止場のあいだに架かる、竹で編まれた渡しは水平であり、ということは潮が引いて水位の下がっているわけでもないことから、遠近の感覚によるものではなく、ほんとうに舟が小さくなっているとしか考えられなかった。だが、そんなことはありうるのだろうか？

「なぁに、乗らるるよ。あんぐらいの人数やったら」

敬子のうちに生じた疑念に答えるように、いつのまにか隣に立っている哲雄が言った。

「そう？　乗らるるやろうかなぁ」と彼女は言う。

「わいわい喋りながら行くよ。お土産ば食べながら」とこれも、いつしか横に居た多津子が言った。

渡しの上を、騒々しく会話をしながら智郎たちがあるいていく。彼らの先頭をゆく文五郎が、舟の縁に手を置き、跨ぎ入れた足に体重を乗せるにつれて、船体はわずかに揺れる。

「オジジが乗った……」と敬子はつぶやいた。文五郎はどっかと腰を下ろすと、渡しの隅を太い指で摑み、妻のナツが乗るさい波で舟が揺れぬように押さえている。「オババも乗って……」ついで十三郎が乗り、キクが乗り、「父ちゃんと母ちゃんも乗って……」宏が、

「宏くんも……」智郎が、佐恵子が、「トー兄も、佐恵子姉さんも……」勲が、「勲さんも乗った……」それぞれ渡しの上をあるいていって、哲雄の言ったとおり、みな小さな舟のなかに収まってしまった。

「ほうら、ちょんごし《ぴったり》！」

そう、どうやら多津子であるらしい横顔が言うのに、「うん。ちょんごし」と敬子も相槌を打った。その隣に立つ、おそらく親戚のコウボらしき声が、「お、満員やなあ」とだれにともなく言った。いつの間にか夜になっていた。すでに波止場から離れだした舟のなかからは、あいかわらず楽しげな、よく見知った者のほかに人交ぜのしない間柄の者同士の、遠慮のない笑い声が聞こえていたが、しかし、声のひとつひとつが果たしてだれのものなのか、だんだんと敬子にはわからなくなっていくのだった。と、舟に乗るだれかが大きな声でなにかを言って、波止場に残った者たちから笑い声が起こった。「まぁだ、遠慮しとく」と美穂らしい声が、笑いながら返事をした。

「なんて言うたと？」と敬子は訊いた。

「トー兄が」とだれかが彼女に教えるべく言う。「冗談ば言うたとよ、まだひとり分の空きがあるぞって」

「そうや。そりゃ、遠慮せなね」

漕ぎだしていった舟が遠ざかってゆき、やがて声も聞こえなくなると、ひとびとが、提灯と、線香と、暗い海面に揺れうごきながら灯る、ひとつの光の印象になりだすのを眺めながら、敬子はそうつぶやくのだったが、一方で隣の部屋からする、だれかの話している声にも彼女は耳を傾けている。

「片付けは終わったね？」

「うん、やっと。どうにかこれでお盆ば迎えられるよ」

初出「すばる」
港たち　二〇二三年七月号
シャンシャンパナ案内　二〇二三年十二月号
明け暮れの顔　二〇二二年四月号
鳶　二〇二四年二月号
間違えてばかり　二〇二四年七月号
単行本化に当たり、加筆・修正を行いました。

装画　まいまい堂
装丁　田中久子

古川真人（ふるかわ・まこと）
1988年福岡県生まれ。國學院大學文学部中退。
2016年「縫わんばならん」で第48回新潮新人賞を受賞しデビュー。
2020年『背高泡立草』で第162回芥川龍之介賞受賞。
その他の著書に『四時過ぎの船』『ラッコの家』『ギフトライフ』がある。

港《みなと》たち

2025年1月30日　第1刷発行

著　者　古川真人《ふるかわまこと》

発行者　樋口尚也

発行所　株式会社 集英社
〒101-8050　東京都千代田区一ツ橋2-5-10
電話　03-3230-6100（編集部）
03-3230-6080（読者係）
03-3230-6393（販売部）書店専用

印刷所　大日本印刷株式会社
製本所　株式会社ブックアート

ISBN978-4-08-771889-8 C0093

定価はカバーに表示してあります。

古川真人の本

集英社文庫

背高泡立草

「別に良いやん、草が生えてたって。誰も使わんっちゃけん」大村奈美は不機嫌だった。なぜ空き家である母の実家の納屋の草刈りをするために、これから長崎の島に行かなければならないのか。だが、彼女は家族からある話を聞かされて考えを改める。それは〈家〉と〈島〉にまつわる時代を超えた壮大な物語だった。第一六二回芥川龍之介賞受賞作。(解説/倉本さおり)